BBULMEDIA

http://www.bbulmedia.com

http://www.bbulmedia.com

封魔録

봉마록

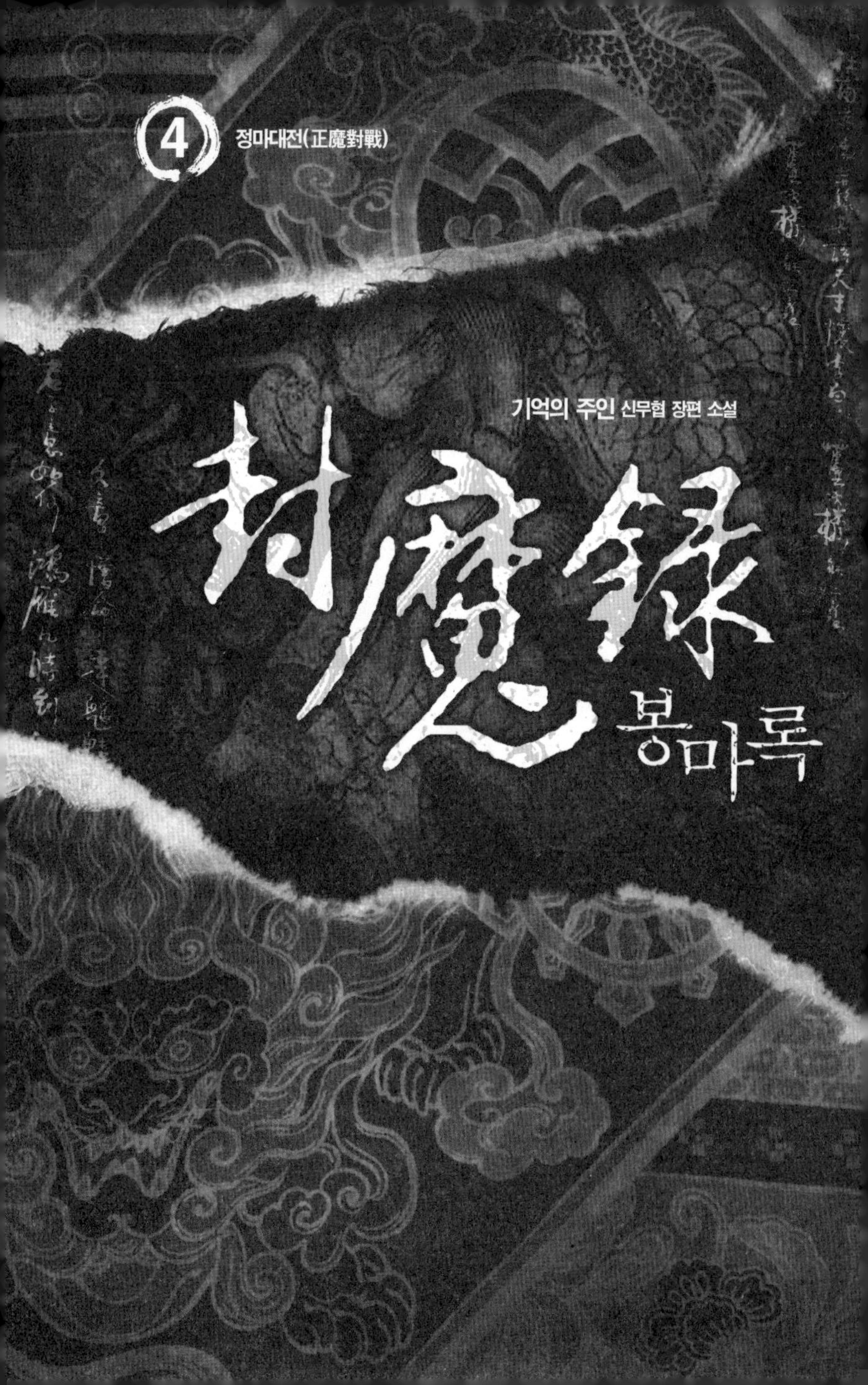

4 정마대전(正魔對戰)
기억의 주인 신무협 장편 소설
封魔錄
봉마록

목차

1장
정도연합

감숙성 공동산.

예로부터 수많은 도관들이 자리 잡고 있는 도교의 성지이며 구파일방 중 하나인 공동파의 본산.

산 중턱에 위치한 공동파의 산문 앞을 다섯 명의 도사가 잔뜩 긴장한 모습으로 지키고 있었다.

얼마 전 천수를 나선 혈천의 무리가 공동산 초입에 진을 치고 있는 상황.

혹시나 놈들이 공동산을 거치지 않고, 천수에서 직접 섬서로 넘어가지 않을까 하는 실낱같던 희망도 여지없이 무너진 것이다.

양측의 전력 차를 생각해 볼 때 공동파가 혈천의 손에

떨어지는 것은 시간문제였다.

하지만 본산을 포기할 수 없는 공동파로서는 죽음을 각오하고 문파를 사수하는 것 외에는 달리 방법이 없었다.

그나마 최악의 상황을 대비해 장로 천호자와 함께 어린 제자들을 종남산으로 보낸 것이 그들이 할 수 있었던 전부였다.

도사들의 표정에는 비장함이 어려 있었다.

"이게 무슨 소리지?"

그때 다섯 명 중 가장 나이가 많아 보이는 매부리코의 도사가 굳은 표정으로 귀를 기울였다.

나머지 도사들은 무슨 영문인지 몰라 매부리코 도사를 바라봤다.

"소, 소리라니요?"

스무 살 초반으로 보이는 청년 도사가 잔뜩 겁먹은 표정으로 물었다.

"잘 들어 보거라!"

사각!

투둑!

스스스스!

"이, 이것은!"

그제야 소리를 인식한 나머지 도사들의 얼굴이 차갑게 굳었다.

무언가가 수풀에 스치는 소리, 나뭇가지가 부러지는 소리, 그 속에 간혹 짐승의 울음도 섞여 있었다.

우우우———!

소리는 점점 가까워지고 있었다.

마치 온 산이 움직이는 듯한 착각이 들 정도였다.

"저, 저게 뭐지?"

광대뼈가 튀어나온 도사가 손가락을 들어 우측의 숲을 가리켰다.

"엇!"

급히 돌아선 도사들은 자신도 모르게 외마디 비명을 지르고 말았다.

수풀 속에서 번뜩이는 혈광들이 하나둘씩 나타나더니 급기야 수를 헤아릴 수 없을 정도로 늘어나 산문 주변을 둘러쌌기 때문이다.

"크르르르!"

"캬아아아!"

등골을 오싹하게 만드는 소리와 함께 곧 혈광의 정체가 드러났다.

수풀을 헤치며 나타난 것은 각양각색의 짐승들이었다.

마치 온 산의 모든 동물들이 이곳에 모인 듯 들쥐부터, 집채만 한 대호에 이르기까지 수많은 짐승들이 모습을 드러내고 있었다.

그들의 상태는 정상이 아니었다.

하나 같이 피처럼 붉은 안광을 쏟아 내고 있었으며, 광기에 젖어 이를 드러낸 채 침을 흘리고 있었다.

아무래도 혈천이 무슨 수작을 부리고 있는 것이 분명했다.

어느새 짐승들의 수는 수백을 넘어서고 있었고, 아직 뒤쪽에는 그 몇 십 배에 달하는 혈광들이 다가오고 있었다.

금세 산문 주변은 짐승들이 풍기는 노린내로 가득 찼다.

"당장 본 산에 신호를 보내라!"

심상치 않은 사태에 매부리코 도사가 급히 명을 내렸다.

펑!

광대뼈가 튀어나온 도사가 신호용 폭죽을 터뜨리는 것과 동시에 잔뜩 몸을 웅크리고 있던 짐승들이 다섯 도사들을 향해 달려들었다.

"감히! 한낱 미물 주제에 인간을 헤하려 하다니!"

매부리코 도사가 검을 뽑아 휘둘렀다.

도사의 검은 빠르고 위력적이었다.

스걱! 스악!

"케앵!"

"캬아악!"

검광이 번뜩일 때마다 서너 마리의 짐승들이 피를 뿌리며 쓰러졌다.

정신을 차린 나머지 네 명의 도사도 즉시 검을 들고 짐승들을 베었다.

　하지만…… 다섯이 상대하기에는 짐승들의 수가 너무도 많았다.

　둘을 베면 넷이 덤벼들었고, 넷을 베면 여덟이 이빨을 드러냈다.

　들쥐들은 땅을 기어서 도사들의 다리를 물었으며, 새들은 발톱과 부리로 도사들의 머리를 쪼았다.

　결국, 얼마 지나지 않아 도사들은 순식간에 짐승들에게 포위되고 말았다.

　"크악!"

　늑대에게 옆구리를 물린 제일 나이 어린 도사가 가장 먼저 짐승들의 희생양이 되었다.

　휘청하는 순간 짐승들이 악귀처럼 달려들었다.

　다른 도사들이 손 쓸 사이도 없이 어린 도사는 순식간에 짐승들에게 파묻혀 버렸다.

　"크앙!"

　"캬아앙!"

　"아아아악!"

　눈 깜짝할 사이에 도사는 시신조차 남지 않고 짐승들의 뱃속으로 사라져 버렸다.

"이놈들!"

나머지 도사들이 분노에 휩싸여 검을 휘둘렀으나, 흥분으로 인해 오히려 쉽게 빈틈을 드러내고 말았다.

"캬아악!"

"크릉!"

"크아아악!"

반 각도 되지 않아 다섯 명의 도사는 모두 짐승들에게 갈기갈기 찢긴 채 뼈만 남게 됐다.

그 뒤로 일천의 마인들이 핏빛 안광을 빛내며 나타났다.

산 위에서는 긴급을 알리는 호각 소리가 길게 울려 퍼지고 있었다.

훗날 정마대전의 본격적인 시작을 알린 공동파의 혈사가 이렇게 시작됐다.

☯

감숙과 섬서의 경계에 위치한 천양(千陽).

커다란 도끼를 어깨에 멘 거구의 사내를 선두로 수를 헤아릴 수 없는 무인들이 모습을 드러냈다.

그들의 선두에 선 자는 바로 상관세가를 멸문시켰던 장량이었다.

혈천의 병력이 드디어 섬서에 다다른 것이다.

제법 붐비던 천양의 중심가가 그들의 등장으로 조용해졌다.

사람들은 허겁지겁 집으로 숨고, 길가에 늘어섰던 가판들은 장사를 접고 숨을 곳을 찾았다.

목숨이 몇 개라도 되지 않는 한 무인들의 싸움에 끼어들간 큰 자는 없었기 때문이다.

그나마 무인들은 일반 백성들을 함부로 건들지는 않기에 그저 이 무서운 자들이 어서 빨리 지나갔으면 하는 바람뿐이었다.

그때, 장량이 씨익 웃으며 팔을 들어 올려 병력을 멈춰세웠다.

"크크크, 혈천의 종들이여 이 비천한 자들에게 혈제께서 허락하신 피의 축복을 내려 주도록 하라!"

"와아아아아아아!"

장량의 명이 떨어지자 마인들이 앞을 다투어 건물들을 향해 달려갔다.

광기에 젖은 눈을 번들거리며 마인들이 집 안이나, 상점에 숨어 있던 자들을 머리채를 잡아 끌어냈다.

"아악!"

"끼아악!"

순식간에 비명과 고함 소리가 거리를 가득 메웠다.

퍼억!

도망치던 중년 사내의 머리가 터져 나갔다.

"아아악!"

아이와 함께 숨어 있던 여인이 머리채가 잡힌 채 끌려 나와 서너 명의 마인들에게 차례로 윤간을 당한다.

반쯤 정신이 나간 여인은 마인들에게 정기를 빨린 채 목내이가 되어 죽었다.

어미를 잃은 아이 역시 예외는 없었다.

마인들 중 하나가 아이의 목에 이를 박고 피를 빨았다.

목이 터져라 울던 아이는 눈을 뒤집은 채 부들부들 떨다 숨을 멈췄다.

이런 모습들이 거리 곳곳에서 벌어지고 있었다.

여기저기 혈안을 한 마인들이 날뛰며 눈에 보이는 이들은 남녀노소를 가리지 않고 참살하거나 정기를 빨아들이고 있었다.

거리는 사람들의 비명 소리와 죽은 자들이 흘린 핏물로 가득 차, 마치 한 폭의 지옥도를 연상시켰다.

마인들은 그들의 욕정과 갈증을 채울 때까지 살육을 멈추지 않았다.

거의 한 시진이 넘도록 이어진 광란의 축제가 끝나고 혈천이 떠나간 천양에는 죽음만이 짙게 내려앉아 있었다.

공동파와 백룡문을 무너뜨린 혈천은 혈마가 있는 본진을 제외하고 두개의 병력으로 나뉘어 전진했다.

그들의 진행 방향으로 볼 때 종남파와 화산파를 동시에 노리려는 의도를 가지고 있는 것이 분명했다.

이에 대비해 정도연합도 병력을 둘로 나누었다.

무벌의 병력 역시 이천은 종남파로 가고 나머지 천오백은 화산파로 향하게 되었다.

아무래도 무벌의 병력이 정천맹에 비해 천여 명 정도 많다 보니. 어느 한쪽에 몰리게 되면 다른 쪽의 전력이 너무 처지게 되기 때문이다.

담천과 담씨세가의 무사들은 종남산에 배치되었다.

서문광천이 있는 쪽이었다.

담씨세가 외에도 하북팽가, 사천당문, 종리세가까지…… 무벌십주 중 다섯 가문이 종남산에 배치되었다.

그 외에도 몇 개의 가문이 더 포함되었는데, 그중에는 신창양가도 있었다.

양화에게 볼일이 있는 담천에게는 행운이라 할 수 있었다.

정도연합의 진 채는 종남산 초입에 자리 잡고 있었는데, 담천이 도착했을 때에는 이미 천칠백 명 정도의 정천맹 무사들이 머물고 있었다.

종남파의 제자들 천여 명과 아미파 삼백, 그 외 여기저기서 종남파를 돕기 위해 모인 정파의 무사들이 사백 정도 되었다.

진영의 분위기는 전체적으로 무겁게 가라앉아 있었다.

코앞이라 할 수 있는 서안 입구에 혈천의 무리들이 진을 치고 있는 상황이니 당연한 일이었다.

서안은 서쪽 변방을 지키는 주요 요충지였다.

태조 주원장이 거대한 성벽을 세워 도시의 이름을 서쪽이 평안하라는 의미인 서안(西安)으로 바꾼 후 항시 일만에 다다르는 관군이 주둔하고 있었다.

하지만 훈련된 관군이라 해도 이천이 넘는 혈천의 마인들을 막아 내는 것은 불가능했다.

결국, 관군 역시 혈천의 입성을 묵인할 수밖에 없었던 것이다.

그나마 다행인 점은 놈들이 서안에서는 일반 백성들을 건들지 않았다는 것이다.

정천맹의 입장에서 구파일방의 하나인 공동파의 참패는 너무도 뼈아팠다.

물론, 공동파가 혈천을 막아 내리라 생각했던 것은 아니었으나, 너무도 속절없이 하룻밤 만에 무너져 내릴 줄은 아무도 예측하지 못했던 것이다.

공동파를 지키던 팔백여 제자들 중 겨우 삼십여 명만이 살아 도망칠 수 있었을 정도로 무참한 패배였다.

미리 탈출한 백여 명의 제자들을 포함해도 채 이백이 안 되는 인원만 남은 것이다.

기껏해야 중소문파 규모도 안 되는 전력이었다.

정도연합을 더욱 두렵게 한 것은 혈천이 사용한 기괴한 술법이었다.

수천 마리의 짐승들을 앞세워서 공동파를 들이친 것이다.

물론 짐승들의 수가 아무리 많다고 해도 제대로 무공을 익힌 팔백의 도사들을 어찌할 수는 없었다.

하지만 놈들은 보통 짐승들이 아니었다.

알 수 없는 주술에 걸려 평소보다 수배나 빠르고 강했다.

게다가 광기에 젖어 몸에 상처를 입어도 아랑곳하지 않고 도사들에게 달려들었다.

그야말로 아비규환이 따로 없었다.

그 뒤를 일천의 마인들이 덮치고…… 이미 평정심을 잃은 공동파의 도사들이 막아 내기엔 역부족이었다.

결국 하룻밤 사이에 공동파는 혈천의 마인들에게 점령당하고 말았다.

공동파가 이런 지경인데 다른 문파들은 말할 것도 없었다.

홍수에 둑이 무너지듯 섬서의 문파들은 차례차례 혈천의 손아귀에 떨어졌다.

놈들이 도착하기 전에 연합군이 종남과 화산에 모일 수 있었던 것이 그나마 다행이라면 다행이었다.

담천과 일행은 무벌에 배정된 막사로 안내되었다.

천막으로 지어진 임시 막사였다.

담씨세가에는 모두 다섯 개의 막사가 배정되었는데, 그 중 하나는 수장들을 위한 막사, 나머지 네 개는 병사들을 위한 큰 막사였다.

담천 일행은 인솔자인 담일중, 담일중의 동생이자 담씨세가의 장로인 담일혁, 방추, 최우와 함께 수장들이 기거하는 막사에 배정되었다.

"이야, 침상까지 비치되어 있네."

막사에 들어서자마자 해명이 탄성을 터뜨렸다.

정천맹과 종남파에서 상당히 신경을 썼는지, 아니면 지휘부의 막사라서 그런지, 허름한 외관에 비해서 안쪽에는 어지간한 물품은 다 갖추어져 있었다.

"저…… 이곳에서 모두 함께 자는 겁니까?"

막사 안을 둘러보던 해륜이 떨떠름한 표정으로 물었다.

"당연한 것을 왜 묻느냐? 너는 이 사형이랑 꼭 끌어안고 자자꾸나. 후후후."

해명이 짓궂은 웃음을 지으며 해륜을 바라봤다.

"그, 그런…… 사양하겠습니다!"

"어허…… 내가 네 녀석이 어렸을 때 기저귀도 갈아 주고, 목욕도 시키고, 이미 볼 껀 다 봤는데 무엇이 그리 부끄러운고?"

"사, 사내끼리 망측스러워서 그럽니다!"

해륜이 정색을 하고는 고개를 휙 돌려 버렸다.

"후후후……"

해명의 의미심장한 미소에 해륜의 얼굴이 붉어졌다.

"각 가문의 대표들께서는 중앙에 있는 지휘부 막사로 모여 주십시오."

그때 막사 문을 젖히고 들어선 정천맹의 전령 무사가 해륜을 곤란한 상황에서 구해 주었다.

무벌의 병력이 도착했으니 앞으로의 계획을 논의하려는 것일 터였다.

"일혁이와 천이는 날 따르거라."

뜻밖에도 담일중은 담천을 불렀다.

"가주의 부재 시, 가문의 후계자는 가문을 대표하는 얼굴이니라. 앞으로 우리 병력을 대표하는 역할은 내가 아닌 네가 해야 한다."

담일중의 말에 담천은 속으로 한숨을 내쉬었다.

되도록이면 다른 이의 눈에 띄지 않는 것이 좋은 담천의 입장에서는 피하고 싶은 상황이었으나 어쩔 수 없는 일이었다.

결국, 담천은 담일중 담일혁과 함께 지휘부 막사로 향했다.

◐

진영 중앙에 위치한 지휘부 막사는 크기가 상당했다.

아무래도 여러 문파의 장들이 모여 회의를 해야 하는 자리인지라 넉넉하게 만든 듯했다.

"천이 네 녀석도 이제 제법 믿음직스러워졌구나."

담일혁이 미소를 지으며 담천을 바라봤다.

신중하고 말수가 적은 담일중과 달리 담일혁은 호탕하고 쾌활한 성격의 소유자였다.

"아직 멀었습니다."

"자식! 겸손 떨 것 없다. 지금의 너를 보면 누가 얼마 전 주화입마 당한 사람이라고 생각하겠느냐? 그만큼 네가 많은 노력을 했다는 이야기지."

대견하다는 듯 고개를 끄덕이는 담일혁을 보며 담천은 쓴웃음을 지었다.

"어라? 호오…… 검후가 직접 모습을 보일 줄은 몰랐는데?"

담일중의 시선이 향한 곳에는 두 여인이 자리하고 있었

는데, 한 명은 삼십 중반쯤 되어 보였고, 다른 한 명은 이제 스무 살 초반 정도로 보이는 조각 같이 아름다운 소녀였다.

"소검후의 미모가 가히 일절이라더니, 명불허전이구나."

두 사람을 바라보며 담일혁이 탄성을 터뜨렸다.

아마도 서른 중반의 여인이 검후 이지명이고, 스무 살 초반의 소녀가 소검후인 모양이었다.

담일혁의 말마따나 소검후는 천혜린이나 서문유향과 비교해도 결코 뒤지지 않는 무척 아름다운 여인이었다.

전체적으로 너무 차가운 느낌이 흠이라면 흠이었지만, 오히려 그 점이 그녀를 범접할 수 없는 존재로 만들고 있었다.

젊고 한창 피어오를 나이인 소검후에 가려진 감은 있었으나, 검후 이지명 역시 중년 여인이라 여겨지지 않을 정도로 아름다운 미모를 자랑했다.

"후후, 검후의 나이가 오십이 넘었다면 믿겠느냐?"

담천의 눈이 휘둥그레졌다.

많이 봐야 서른 중반으로 여겼는데, 무려 쉰 살이 넘었다니 믿어지지 않았다.

"마흔도 되기 전에 이미 화경을 넘어섰으니 그럴 수밖에."

담일혁이 행여나 들을세라 조심스럽게 속삭였다.

'화경 고수라······.'

여인의 몸으로 마흔도 안 되어 화경에 이르다니, 참으로 놀라운 일이었다.

"대대로 검각의 검후들은 검에 한해서는 최고의 기재들이었지. 어떻게 그런 제자들을 찾아내는지 정말 놀라운 일이야."

담천의 마음을 눈치챘는지 담일혁이 검각에 대해 설명해 주었다.

'응?'

그때 담천의 뒤통수에 따가운 시선이 느껴졌다.

고개를 돌려 확인해 보니 신창양가의 둘째인 양화가 담천을 날카롭게 노려보고 있었다.

아마도 을급 동원령 때의 앙금이 풀리지 않은 듯했다.

그런데다가 담씨세가가 마귀를 잡는 데 공까지 세웠으니 더 속이 쓰릴 것이다.

담천은 속으로 조소를 흘렸다.

양화가 앞으로 자신에게 무슨 일이 일어나게 될지 안다면 결코 저런 표정을 짓지 못하리라.

'저놈부터 먼저 손볼까?'

담천이 양화와의 조용한 만남을 앞당기는 것에 대해 심각하게 고민하고 있을 때, 마침 정도연합의 지휘부가 막사로 들어왔다.

가장 앞쪽에는 서문광천과 공지 대사, 종남파 장문 양현자, 무벌의 문상인 제갈명이 함께하고 있었다.

정천맹주인 무당의 운해는 화산의 지휘를 맡고, 이곳 종남은 서문광천이 총괄하기로 한 것이다.

소란스럽던 막사가 순식간에 조용해졌다.

"반갑소! 정도연합 종남파 진영의 지휘를 맡은 서문광천이오!"

서문광천이 그답지 않은 다소 부드러운 말투로 자신을 소개했다.

큰 싸움을 앞두고 쓸데없는 마찰을 일으키지 않기 위함이었다.

무벌의 인사들은 다소 놀라는 눈치였고, 정천맹의 고수들은 서문광천에게서 풍겨지는 알 수 없는 위압감에 잔뜩 움츠러든 모습이었다.

그들 중 대부분은 서문광천에 대해 말로만 들었을 뿐 직접 접해 보는 것은 오늘이 처음이었기 때문이다.

소문은 항상 부풀려지기 마련이라 생각했는데, 직접 대면한 서문광천은 오히려 소문을 훨씬 능가하고 있었다.

"대충의 상황은 알고들 있을 것이오만, 무벌의 수장들은 아직 자세한 내용을 파악하지 못했을 것이니 지금부터 제갈 문상의 설명을 듣도록 하시오."

제갈명이 앞으로 나서서 그동안의 상황에 대해 설명했다.

현재 혈천의 세 세력 중 서안에 위치한 세력은 상관세가를 친 장량이 이끄는 무리였다.

서안에 머무는 동안 증원된 그들의 인원은 이제 이천오백에 이르고 있었다.

정천맹에서 파악한 바에 따르면 장량 외에 세 명의 화경 고수가 더 합류했다고 한다.

물론, 그렇다 해도 정도연합이 걱정할 수준은 아니었다.

지금 종남파에는 서문광천을 비롯한 수많은 고수들이 자리하고 있었기 때문이다.

게다가 무사들의 수 역시 정도연합 측이 약간 많았다.

그러니 현 상황에서는 누구도 혈천에게 지리라고 생각지는 않는 것이다.

문제는 고흥에 있는 삼천에 달하는, 놈들의 본진이 개입하였을 경우였다.

혈마가 있는 본진이 어디로 움직이느냐에 따라 전력의 차가 뒤바뀔 수도 있기 때문이었다.

전력이 앞선다 하여 전면전을 하다가는 혈천의 본진이 뒤를 치거나 우회해서 종남파를 접수할 가능성이 있는 것이다.

그렇다고 일부 병력만으로 공격을 시도하기엔 혈천의 전력이 너무 강했다.

물론, 정도연합측도 아직 점창파와 청성파 등 합류하지

못한 문파가 도착한다면 해볼 만한 전력이 될 것이다.

하지만 그들이 합류하려면 최소 사흘은 더 기다려야 하는 상황이었다.

결국, 지금으로서는 우선 혈천의 움직임을 파악하는 것이 먼저였다.

"문제는 혈천이 서안에 입성하면서 정천맹 쪽 정찰대와의 연락이 모두 끊겼다는 것입니다. 안타깝지만 아마도 혈천의 마인들에게 당한 것으로 사료됩니다."

중인들의 표정이 어두워졌다.

정찰대가 전멸했다면 놈들이 무엇을 준비하고 있는지 알 길이 없었던 것이다.

"해서, 놈들의 움직임을 살피기 위해서는 새로이 정찰대를 조직할 필요가 있습니다. 놈들의 경계가 만만치 않은 만큼 이번에는 실력이 뛰어난 이들로 구성해야 놈들의 감시를 피해 임무를 수행할 수 있을 것입니다."

제갈명이 잠시 좌중을 둘러보며 숨을 골랐다.

"어차피 여기에 모인 분들이 현재 정도연합 진영에서 가장 고수라 해도 틀리지 않으니, 지금 이 자리에서 정찰대를 편성하도록 하겠습니다. 목숨을 장담할 수 없는 위험한 임무인 만큼 지원자 위주로 선발할 것입니다. 뜻이 있으신 분들은 지금 말씀해 주십시오."

정찰대가 이미 한 번 전멸당한 상태였다.

혈천의 경계가 그만큼 더 삼엄해졌을 것이다.

어지간한 담력과 무공 실력을 갖추지 않고서는 함부로 나서지 못할 임무였다.

그렇다고 가문이나 문파의 수장들이 직접 나설 수는 없는 일이니, 결국 실력이 뛰어난 후기지수들이나 중견 고수들이 모집 대상이었다.

"검각의 설소령이 정찰대에 지원하겠습니다!"

잠시 정적이 흐른다 싶은 순간, 놀랍게도 검각의 소검후 설소령이 앞으로 나섰다.

중인들의 시선이 단번에 그녀에게 집중되었다.

현재 강호의 후기지수들 중 여중제일고수로 일컬어지는 그녀.

게다가 아름다운 용모까지 갖추고 있으니 누구든 관심을 갖지 않을 수 없었다.

"허허, 설 소저라면 차고도 넘치오. 정도연합을 위해 솔선하는 모습이 참으로 아름답구려."

제갈명이 흐뭇한 표정으로 그녀의 지원을 받아들였다.

사실, 설소령이 사부를 따라 이번 정도연합에 참여하게 된 것은 실전 경험을 쌓기 위함이었다.

초절정을 눈앞에 두고 멈춘 그녀의 무공에 대한 실마리를 실전을 통해 찾으려는 것이다.

그러니 이번 정찰대 임무야말로 그녀에게 더 많은 실전

을 경험할 좋은 기회였다.

그러자 후기지수들이 허겁지겁 그녀를 따라 정찰대에 지원하기 시작했다.

그녀와 어떻게 해서든 인연을 만들어 보려는 속셈이었다.

막사에 가문의 대표로 올 정도면 실력 또한 녹록치 않은 이들이 대부분이었기에 제갈명은 그들의 지원을 받아들였다.

"신창양가의 양화 이번 임무에 지원하겠습니다!"

그때 막사 오른쪽 끝에 자리하고 있던 양화가 앞으로 나섰다.

양화 역시 설소령의 미모에 이미 마음을 빼앗긴 상태였다.

임무를 함께하며 그녀와 친해질 좋은 기회를 놓칠 수가 없었던 것이다.

"양 공자의 실력이면 충분히 자격이 있소!"

제갈명이 고개를 끄덕이며 양화의 지원을 받아들였다.

양화는 후기지수들 중에서도 선두권에 속하는 실력을 가지고 있었기에 거절할 이유가 없었다.

의기양양한 표정으로 잔뜩 턱을 치켜드는 양화를 보며 담천이 눈살을 찌푸렸다.

'저런 멍청한 놈, 여인에게 정신이 팔려 제 목숨 아까운 줄 모르다니.'

담천에게는 좋지 않은 상황이었다.

평상시라면 놈이 어떻게 되든 신경조차 쓰지 않았을 테지만, 문제는 담천이 놈에게 얻어야 할 중요한 정보가 있다는 사실이었다.

놈이 죽게 되면 원수에 대한 실마리가 사라지게 되는 것이다.

그런 일이 벌어지게 놔둘 수는 없었다.

이렇게 된 이상 담천의 선택지는 놈이 죽기 전에 심문을 해 정보를 알아내든, 아니면 놈이 죽지 않도록 옆에서 지키는 것뿐이었다.

"저도 참여하고 싶습니다."

결국, 울며 겨자 먹기로 담천도 정찰대에 지원하고 말았다.

"아, 아니 천아!"

"크흠! 정혼자도 있는 녀석이."

담일중과 담일혁이 담천의 갑작스런 행동에 놀라 급히 일어섰다.

게다가 담일혁은 엉뚱한 오해까지 하고 있었다.

놀란 것은 두 사람뿐이 아니었다.

이미 담씨세가와 담천에 대한 소문이 온 강호에 퍼진 상태.

막사 안의 모든 시선이 담천에게 집중되었다.

제갈명과 서문광천 또한 예외는 아니었다.

"담 공자…… 그대의 의기는 잘 알겠으나, 지금의 몸 상태로는 이번 일을 하기가 너무 위험하오."

제갈명이 조심스럽게 담천을 말렸다.

겉으로는 완곡히 말리는 모양새였으나, 사실 제갈명으로서는 다른 사람에게 짐이 될 것이 뻔한 담천의 참여를 결코 용납할 수는 없었다.

하지만 담천은 물러서지 않았다.

"벌주께서 내려 주신 영약 덕분에 이제는 무공이 상당히 회복된 상태입니다. 결코, 짐이 되진 않을 것입니다."

양화는 초씨세가 멸문의 진실에 다가설 수 있는 유일한 실마리였다.

여기서 놈을 잃을 수는 없는 것이다.

한편 양화는 예상치 못한 담천의 지원에 잔뜩 인상을 찌푸리고 있었다.

단전이 깨져 무공도 제대로 쓸 수 없는 주제에 감히 자신과 어깨를 나란히 하려 하다니 어이가 없었다.

한데 한동안 못마땅한 표정으로 담천을 노려보던 양화의 얼굴에 갑자기 의미심장한 미소가 걸렸다.

가만히 생각해 보니 이번 임무는 담천에게 동원령 때의 치욕을 갚아 줄 절호의 기회였던 것이다.

어차피 목숨이 왔다 갔다 할 정도로 위험한 임무.

임무 중에 담천이 사고를 당하거나 혈천의 마인들에게 죽게 된다 해도 이상하게 여길 사람이 전혀 없는 것이다.

죽이지는 않더라도 담천에게 따끔한 맛을 보여 줄 좋은 기회가 되리라.

"마귀를 잡는 데도 가장 큰 공을 세웠던 담 공자가 아닙니까? 담 공자가 함께한다면 저로서도 정말 믿음직할 것 같습니다."

양화가 동원령에서의 공로를 은근슬쩍 내세워 담천을 두둔했다.

양화의 속셈을 눈치챈 담천이 속으로 코웃음을 쳤다.

'그야말로 제 무덤을 파는군.'

담천은 이번 기회에 정보를 얻어낸 후 양화를 아예 제거하기로 마음먹었다.

어차피 놈은 초씨세가의 멸문에 관여되어 있었다. 결코 용서할 수 없는 것이다.

만일, 놈뿐 아니라 신창양가 전체가 연관되어 있다면 그들 역시 진가처럼 절망을 맛보게 해 줄 것이다.

제갈명이 곤란한 표정으로 담천과 양화를 바라봤다.

분명 담천이 동원령에서 공을 세운 것은 맞았으나 함께했던 담씨세가의 고수들의 역할이 컸음을 알고 있었기 때문이다.

"그래, 그때 내가 만년삼황을 내렸었지…… 하지만 그다지 공력이 느껴지지는 않는군?"

그때 갑자기 서문광천이 끼어들었다.

사실 만년삼왕을 먹은 것은 담호였으나 그것을 아는 이는 가문의 몇몇 어른들밖에 없었다.

그의 날카로운 시선이 담천의 온몸을 훑었다.

마치 온몸의 혈관으로 모래가 흐르는 듯한 느낌이었다.

최대한 마음을 가라앉힌 담천이 조심스럽게 입을 열었다.

"공력은 변변치 않으나, 움직임이나 힘은 오히려 이전보다 좋아졌습니다. 저도 정확한 이유를 알 수는 없으나 아무래도 만년삼왕의 효과가 제 몸을 특이하게 변화시킨 것 같습니다."

다른 사람도 아닌 서문광천이었다.

그를 완전히 속인다는 것은 불가능에 가까웠다.

담천으로서는 어느 정도 자신의 몸에 대한 사실을 밝힐 수밖에 없었던 것이다.

서문광천의 안광이 마치 담천의 전신을 난도질하듯 꿰뚫고 지나갔다.

담천은 혹여 천혜린이 걸어 놓은 술법을 뚫고 비정상적인 심장의 움직임까지 알아차리지 않을까 하여 마음을 졸이며 서문광천을 바라보았다.

"재밌군. 몸이 무공을 펼치기에 가장 이상적인 상태로 변했어. 마치 환골탈태라도 한 것 같군. 게다가 단전은 없는데 몸 전체에 어느 정도 공력이 존재하고 있어."

서문광천이 언급한 내용은 담천 역시도 의아하게 느끼고 있는 일 중에 하나였다.

얼마 전부터 암혼기를 끌어 올리지 않아도 몸 전체에 약간의 공력이 느껴졌기 때문이다.

담천은 그것이 아마도 선기와 관계가 있을 것이라고 생각했다.

아직 암혼기와 섞이지 않은 선기가 몸 안에 남아 있던 것이다.

서문광천이 묘한 눈빛으로 담천을 응시했다.

막사 안의 다른 이들 또한 흥미로운 표정으로 담천을 주시했다.

"양가의 자재보다는 부족하지만, 그 정도라면 정찰대 임무를 수행하기에 크게 모자라진 않겠군."

서문광천의 허락에 담천은 속으로 안도의 한숨을 내쉬었다.

다행히도 천혜린의 술법이 깨지지는 않은 모양이었다.

"흠, 그럼 담 공자의 지원을 받아들이도록 하겠소."

제갈명은 마지못한 듯 담천의 지원을 받아들였다.

서문광천이 인정한 이상 더 이상 반대할 명분이 없었던

것이다.

담일중과 담일혁은 펄쩍 뛰며 담천의 섣부른 행동을 질책했다.

하지만 이미 서문광천의 허락이 떨어진 상태였기에 이제 와서 지원을 물릴 수도 없는 노릇.

결국, 거듭 조심하라는 당부만을 남긴 채 그들도 물러설 수밖에 없었다.

담천을 끝으로 모두 총 열두 명의 지원자가 정찰대에 뽑혔다.

나이가 있는 고수들은 대부분 문파의 인솔자였기에 지원자는 모두 젊은 후기지수들이었다.

"오늘 회의는 이것으로 마치겠습니다. 정찰대원들만 남고 각자의 숙소로 돌아가 혈천의 공격에 대비해 주십시오."

지원자들을 확인한 제갈명이 회의의 종료를 알리고, 수뇌부들은 각자의 가문과 문파로 돌아갔다.

이제 막사에는 지원자 열두 명과 제갈명만이 남아 있었다.

"이제부터 임무에 대해 설명하겠소."

지원자들을 한 번 훑어본 제갈명이 입을 열었다.

"우선 여섯 명씩 두 조로 나누어 정찰을 하도록 하겠소. 가문에서 추가 인원을 차출해도 상관없지만, 너무 인원이 많아도 놈들에게 들킬 염려가 있으니 두 명 이상은 안 되오."

지원자들을 두 개의 조로 나눈 제갈명은 각 조가 정찰해야 할 구역에 대해 설명해 주었다.

다행히도 담천은 양화, 설소령과 같은 조에 배정 받았다.

만일 다른 조에 배정받게 되었다 해도 우겨서라도 양화가 있는 조로 들어갔을 것이다.

담천이 속한 일조에 소속된 이들은 소검후 설소령, 신창양가 양화, 종남파 수제자 전유, 사천당문 당요, 종리세가의 대공자 종리학, 이렇게 여섯이었다.

담천을 빼고는 모두 강호에 이름이 쟁쟁한 이들이었다.

물론, 담천도 이름이 널리 알려지긴 했다.

무벌십주인 담씨세가의 흉사로 말이다.

제갈명의 설명이 계속되는 동안 양화는 연신 설소령을 흘끔거렸다.

물론, 다른 후기지수들도 사정은 마찬가지였다.

오직 담천만이 양화를 바라보며 의미심장한 미소를 짓고 있었다.

"이상 임무에 대한 설명을 마치겠소. 이각의 시간을 줄 터이니 각자 준비를 마치고 조별로 다시 이곳에 모이시오."

설명을 마친 제갈명이 막사를 떠나고 지원자들만 남았다.

"하하, 양 공자와 담 공자께서는 상당히 친하신 모양입니다?"

담천이 막사를 나서려는데 종남파 수제자 전유가 뜬금없이 물었다.

회의 때 양화가 담천을 옹호해 준데다 담천이 양화를 보며 시종일관 미소를 보내고 있었으니 오해할 만도 했다.

"친하긴 무슨!"

전유의 이야기를 들었는지 양화가 정색을 했다.

담천 역시 실소를 금치 못했다.

하지만 그런 모습이 오히려 전유의 오해를 더욱 깊게 했다.

"하하하, 격의 없이 지내시는 모습이 보기 좋습니다."

"아니! 그…… 크흠!"

발끈한 양화가 뭐라 이야기하려다 갑자기 휑하니 돌아서 막사를 떠났다.

한쪽에서 설소령이 지켜보고 있던 것이다.

설소령 앞에서 속 좁은 모습은 보이기 싫은 모양이었다.

다른 사람이 어떻게 생각하든 별 관심이 없는 담천은 아무 대꾸 없이 그대로 자신의 막사로 향했다.

☯

담천은 원무와 해륜을 데리고 지휘부 막사로 돌아왔다.

아무래도 자신의 정체를 아는 이들과 동행을 해야 움직이기가 편하기 때문이었다.

게다가 혈천은 마귀들이 장악한 곳이다.

언제 마귀나 권속을 만나게 될지 알 수 없는 상황이었으니 이 두 사람이 제법 도움이 될 터였다.

생각 같아서는 장두도 데려가고 싶었으나, 어디로 튈지 모르는 장두는 자칫 임무를 망칠 위험이 있었기에 해명과 함께 남아 있도록 했다.

다른 지원자들 역시 두 명씩의 조력자들을 데리고 지휘부 막사 앞에 도착했다.

그중에는 얼핏 보기에도 상당한 실력임을 짐작할 수 있는 이들도 있었다.

특히 사천당문의 당요와 함께 온 당욱과 당소는 강호에서 당문오성이라 불리는 이들로 모두 초절정을 넘어선 암기의 고수들이었다.

막사 앞에 모인 조원들은 일단 간단한 인사를 나누었다.

앞으로 생사를 함께 하게 될 동료들이었다.

서로를 의지하고 도와야 하니, 오늘 처음 만났다 해도 남이라 할 수 없는 것이다.

"하하, 담 공자께서 도문과 불문에 친분이 있으시다니 의외로군요?"

전유는 담천과 함께 온 해륜과 원무에게 관심을 보였다.

목숨을 걸어야 하는 중요한 임무에 가문의 사람이 아닌 승려와 도사를 데려왔다는 것이 의아하면서도 신기했던 것이다.

전유의 질문에 나머지 조원들도 호기심 어린 시선을 보냈다.

거기에는 키가 오 척도 안 되는 원무나, 조각 같은 얼굴을 가진 해륜의 독특한 용모도 한몫했다.

"어릴 적 친구들입니다."

담천은 무뚝뚝하게 한마디를 던진 후 입을 다물었다.

전혀 예상치 못한 담천의 엉뚱한 대답에 원무와 해륜이 당혹스러운 표정으로 서로 마주 보았다.

하지만 이 엉뚱한 대답이 더는 관심을 받기가 싫었던 담천의 의도와 너무도 부합하는 효과를 가져왔다.

딱딱한 담천의 분위기와 예상치 못한 대답에 조원들이 머쓱한 표정으로 모두 입을 닫아 버린 것이다.

"자, 이제 인사는 나눈 것 같으니, 바로 임무를 시작하기로 하지."

담천이 속한 일조의 책임자로 뽑힌 당욱이 어색한 침묵을 깨고 조원들을 인솔했다.

당욱은 이미 화경에 근접한 극강의 고수였다.

게다가 무림에서의 명망 또한 상당히 높아서 만장일치로

조장을 맡게 된 것이다.

조원들은 당욱의 뒤를 따라 서둘러 진영을 나섰다.

◑

고흥에 위치한 혈천의 본진.

중앙에 위치한 백 평 남짓 커다란 막사 안은 끈적끈적한
마기와 피 냄새로 가득 차 있었다.

그 한가운데 놓여진 핏빛 의자를 중심으로 외모만으로도
다른 이의 등골을 서늘하게 하고도 남을 백 명의 마인들이
숨을 죽인 채 도열해 있었다.

핏빛 혈좌(血座) 위에는 누구라도 한 번 보면 눈을 떼지
못할 정도로 아름다운 미공자가 앉아 있었는데, 이제 갓
열여섯 정도밖에 되어 보이지 않는 앳된 소년이었다.

소년의 입에서 흐르고 있는 한줄기 핏물이 그 하얀 피부
와 대비되어 마치 눈 위에 홀로 핀 한 송이 붉은 매화를
보는 듯했다.

소년의 손에는 황금으로 만들어진 잔이 들려져 있었는
데, 그 잔 속에서 출렁이는 붉은 액체의 정체는 인간의 피
였다.

유리처럼 번들거리는 회색 눈동자로 소년이 잠시 자신의
손에 들린 잔을 바라봤다.

"누군가?"

아무런 감정도 담기지 않은 메마른 목소리가 소년의 입에서 새어 나왔다.

"백검문주의 열 살짜리 딸년의 핍니다."

혈좌 오른편 가장 앞쪽에 자리한 백발의 마인이 고개를 깊숙이 숙이며 대답했다.

"향이 제법 짙구나…… 마음에 들어……."

소년이 음미하듯 잔으로 입술을 살짝 적셨다.

눈을 지긋이 감은 소년이 혀로 입술 주변에 묻은 피를 천천히 핥았다.

한동안 피를 음미하던 소년이 감았던 눈을 떴다.

"현재 상황은?"

문득 생각났다는 듯 소년이 백발 마인에게 물었다.

"무벌과 정천맹의 연합군이 종남산과 화산에 도착했다 합니다."

잠시 고개를 숙인 채 머뭇거리던 백발 마인이 매우 조심스럽게 입을 열었다.

"저…… 언제 움직이실 것인지……."

마치 자신이 큰 죄라도 짓고 있는 것처럼 몸들 바를 몰라 하는 모습은 그의 거대한 덩치와는 어울리지 않았다.

황금잔을 내려다보던 소년의 시선이 백발 마인에게 향했다.

회색 눈동자 가운데 아주 작은 핏빛 점 하나가 나타났다.

"인형은 생각을 하면 안 되지. 그저 주인이 움직이는 대로 팔과 다리를 놀리는 것이 인형이야. 만일 인형이 생각을 하게 된다면 주인이 무언가를 원할 때, 인형은 즉시 움직일 수 없게 돼. 그 잠깐의 시간 때문에 주인이 무언가를 얻을 수 없게 된다면 그 잘못은 누구에게 있느냐? 인형이더냐? 아니면 쓸모없는 인형에게 일을 맡긴 주인이더냐?"

아무런 감정도 없는 소년의 목소리였으나, 백발 마인은 사형 선고라도 받은 듯 온몸을 사시나무처럼 떨고 있었다.

게다가 그의 공포에 젖은 얼굴에는 땀이 비 오듯이 흘러내리고 있었다.

"혀, 혈제시여 부디 용서를!"

백발 마인은 즉시 바닥에 오체투지하며 소년에게 용서를 빌었다.

그렇다.

이 앳되고 아름다운 소년이 바로 당금 강호에서 가장 두려운 존재이자 공포의 대명사인 혈천의 주인 혈마였던 것이다.

"소, 속하가 잠시 정신이 나갔던 모양입니다!"

백발 마인의 절박한 모습에도 불구하고 소년, 혈마는 그저 무심하게 백발 마인을 바라볼 뿐이었다.

쿵! 쿵!

숨막히는 정적 속에서 오직 백발 마인의 이마가 바닥에 부딪히는 소리만이 막사 안을 채웠다.

"하지만……."

그때, 혈마의 입술이 다시 천천히 움직였다.

"아무 생각 없는 장난감은 별로 재미가 없는 법이지……. 뭐 꿈틀댈 때 밟아 주는 맛이 있어야 하니 말이야."

혈마의 입꼬리가 아주 살짝 위로 말려 올라갔다.

"가, 감사합니다! 혈제시여!"

백발 마인이 눈물까지 흘려가며 혈마에게 감사하는 모습을 도열한 마인들은 마치 남의 일인 양 시선조차 주지 않았다.

"서문광천은 어디에 있느냐?"

"조, 종남산에 머물고 있습니다!"

혈마의 물음에 백발 마인이 얼른 일어서 대답했다.

"그래?"

엷게 미소를 지은 혈마가 종남산 방향으로 시선을 향했다.

"좀 놀아 볼까?"

혈마의 눈동자가 붉게 물들기 시작했다.

정도연합 진영을 벗어난 일조는 북서쪽 방향으로 움직였다.

혈천의 경계 병력과 마주칠 수 있었기에 사방을 세세히 살피며 최대한 조심해서 전진했다.

이동한 지 반 시진쯤 되었을 때 당욱이 일행을 멈춰 세웠다.

"누군가 있다."

좌측 전방에서 인기척이 느껴졌던 것이다.

조원들은 숨을 죽인 채 몸을 숨겼다.

담천의 눈동자가 빛났다.

왼쪽 가슴에 열기가 느껴졌던 것이다.

그것은 바로 권속이나 마귀가 근처에 있다는 이야기였다.

담천이 원무와 해륜에게 눈짓을 보냈다.

그들 또한 낌새를 눈치챘는지 얼굴이 굳어 있었다.

놈들은 담천과 조원들이 있는 쪽으로 서서히 다가오고 있었다.

[전부 세 명이군. 신호를 보내면 한꺼번에 기습하도록 하지.]

당욱이 조원들에게 전음을 보냈다.

동시에 여러 사람에게 전음을 보내는 것은 아무나 할 수 있는 일이 아니었다.

그의 실력이 이미 화경에 근접했다는 증거였다.

설소령이 검에 손을 가져다 대는 모습이 보였다.

양화는 첫 실전인 듯 잔뜩 긴장한 모습으로 전면을 응시하고 있었다.

창을 잡은 그의 손에는 식은땀이 어려 있었다.

점점 다가오던 놈들의 모습이 눈에 들어옴과 동시에 당욱의 전음이 울렸다.

[지금!]

열여덟 명의 조원들이 쏜살같이 놈들을 덮쳤다.

"크크크! 정도연합의 떨거지들이 또 죽으러 왔구나!"

"후후! 맛있게 먹어 주마!"

기습에도 불구하고 놈들은 전혀 당황하지 않았다.

오히려 기다렸다는 듯 여유 있게 조원들의 공격에 맞섰다.

쩌어엉! 따당! 퍼퍽!

조원들의 공격이 놈들의 몸에 작렬했다.

모두 기를 발출해 낼 수 있는 고수들이었다.

당욱을 비롯한 조원들은 놈들이 피를 뿌리며 쓰러질 것을 믿어 의심치 않았다.

"이럴 수가!"

하지만 공격이 끝난 후 드러난 광경은 모두를 경악하게 만들었다.

마치 아무 일도 없었다는 듯 놈들이 멀쩡한 모습으로 이를 드러내며 웃고 있었기 때문이다.

"큭큭큭! 가소롭구나! 이제 사냥을 시작해 볼까?"

순간 세 명의 모습이 점점 변하기 시작했다.

우두두둑!

뼈가 뒤틀리며 늘어나고 키가 얼 장에 다다를 정도로 거대해졌다.

"괴, 괴물!"

삐죽 튀어나온 주둥이, 머리 위로 길게 돋아난 뿔, 그것은 괴물의 모습이었다.

"이, 이런 요마다!"

무벌 소속 조원들이 그들의 정체를 알아보고는 딱딱하게 굳었다.

이미 영화루 사건과 동원령을 경험해 본 그들이기에 놈들의 무서움을 잘 알고 있던 것이다.

동원령 때는 공지가 만들어 준 부적과 탐마령 때문에 그나마 수월하게 놈들을 상대했으나, 지금은 둘 다 가지고 있지 않은 상태였다.

"조심하도록! 놈들은 도검이 통하지 않는다! 강기나 선기(仙氣), 불력(佛力) 만이 놈들에게 상처를 낼 수 있다!"

당욱이 다급히 조원들에게 주의를 줬다.

검각이나 종남파의 무사들은 권속들을 상대해 본 적이 없었을 것이기 때문이다.

게다가 현재 조원 중에 억지로나마 강기를 구사할 수 있는 것은 당욱밖에 없었다.

한 명을 당욱이 맡는다 해도 나머지 두 권속을 상대할 이가 없는 상황인 것이다.

그에 비해 담천은 너무도 여유로운 모습이었다.

지금의 해륜과 원무라면 권속들 정도는 쉽게 상대할 수 있었기 때문이다.

"모두 뒤로 물러서십시오! 놈들은 마귀의 권속들입니다!"

아니나 다를까 해륜이 다급히 소리치며 앞으로 나섰다.

"놈들은 우리가 맡겠습니다!"

원무 역시 해륜을 따라 재빨리 달려 나갔다.

아직 앳돼 보이는 두 사람이 무모하게 앞으로 나서는 것을 보고는 당욱이 급히 말리려 했다.

소림이나 무당의 후기지수들도 영화루에서 놈들에게 고전했던 것을 생각하면, 이름조차 알려지지 않은 해륜과 원무가 권속들을 상대할 수 있을 리 없다고 여긴 것이다.

그때 해륜이 손가락을 깨물어 피를 낸 후 진언과 함께 다섯 장의 부적을 허공으로 날렸다.

"제마부(制魔符)!"

쏜살같이 날아간 다섯 장의 부적이 커다란 화염의 고리를 만들며 세 권속을 둘러쌌다.

화아아악!

"크으윽! 도사 놈이 있었구나!"

권속들의 얼굴이 일그러졌다.

제마부가 만들어 낸 화염이 놈들에게 고통을 주는 듯했다.

예전 같으면 기껏해야 놈들을 잠시 멈추는 데 불과했을 제마부가 상당한 효과를 발휘하고 있는 것이다.

최근 깨달음을 통해 해륜의 도력이 한 단계 발전한 결과였다.

놈들이 다급히 제마부가 만든 화염의 고리를 벗어나려는 찰라 원무가 법문을 외웠다.

"미륵의 자비가 온 세상을 비추고 만물을 구원하도다! 황금법안(黃金法眼)!"

번쩍!

원무의 두 눈에서 금빛 광망이 터져 나와 권속들을 덮쳤다.

"크윽! 이, 이것은……!"

갑자기 몸의 힘이 감소하는 것을 느낀 권속들이 당혹스런 표정을 지었다.

황금법안은 마(魔)를 누르고 선한 기운을 북돋우는 효과가 있었기 때문이다.

"지금 공격하십시오! 놈들의 방어가 약해졌을 것입니다!"

원무가 조원들에게 소리쳤다.

두 사람의 활약을 멍한 표정으로 지켜보던 당욱과 조원들이 그제야 정신을 차리고 권속들에게 달려들었다.

"보통 공격으로는 큰 타격을 줄 수 없으니, 각자 할 수 있는 가장 강력한 초식을 날리십시오!"

해륜의 말에 따라 조원들이 혼신의 힘을 다한 일격을 날렸다.

콰아아앙! 퍼퍽!

"크아악!"

처음과는 달리 권속들에게 조원들의 공격이 먹혀들었다.

황금법안으로 인해 그들을 둘러싼 기운이 약해졌기 때문이다.

하지만 권속들 역시 순순히 당하고만 있지는 않았다.

콰아앙!

"크악!"

권속이 날린 주먹에 맞은 종리세가의 무사 하나가 피를 토하며 뒤로 날아갔다.

"이놈!"

이를 악문 당욱이 혼신의 힘을 다해 푸른빛 독강으로 둘러싸인 손을 쭉 뻗었다.

당문의 절기인 무영비독수였다.

콰쾅!

"커헉!"

당욱이 날린 무영비독수가 종리세가 무사를 공격한 권속의 가슴에 커다란 구멍을 냈다.

비명과 함께 놈의 거대한 육신이 땅으로 무너졌다.

"크아아악!"

동시에 또 다른 권속 하나가 조원들의 합공에 난도질당해 목숨을 잃었다.

동료들이 죽자 위기를 느낀 마지막 권속이 재빨리 뒤로 달아났다.

"어딜!"

퍼억!

뒤를 막아선 설소령의 검이 놈의 어깨를 크게 베었다.

만일 권속이 아니었다면 팔이 잘려 나갔을 정도의 강력한 검격이었다.

제마부와 황금법안에 의해 신체의 능력이 떨어져 있음에도 놈의 피부와 근육은 단단하기 이를 데 없었던 것이다.

"크아아아아!"

어깨가 크게 벌어져 피를 뿌리면서도 놈은 달려가는 속

도를 줄이지 않고 그대로 설소령에게 돌진했다.

깜짝 놀란 설소령이 급히 옆으로 몸을 날렸다.

설소령을 지나친 놈이 뒤도 돌아보지 않고 그대로 달아났다.

"이런! 놓쳐선 안 되오!"

놈을 살려 보내게 되면 정찰대의 존재가 드러나게 된다.

당욱과 조원들이 신법을 최대한 발휘해 놈의 뒤를 쫓았다.

"불염금강포주(佛炎金剛包珠)!"

원무가 진언과 함께 염주를 날렸다.

황금빛으로 빛나는 염주가 점점 커지며 권속을 향해 날아갔다.

"크윽!"

심상치 않음을 느낀 권속이 왼 팔뚝 피부 속으로 손을 집어넣더니 무언가를 꺼냈다.

퍼엉!

파츠츠츠!

"이런! 신호용 폭죽이다!"

놀랍게도 놈이 피부 속에서 꺼낸 것은 신호용 폭죽이었다.

허공으로 날아오른 폭죽이 터지며 푸른 연기가 퍼져 나갔다.

조원들의 얼굴이 일그러졌다.

결국, 자신들의 정체가 놈들에게 드러나고 만 것이다.

폭죽이 터짐과 동시에 원무가 날린 염주가 권속의 몸을 묶었다.

콰당!

"크아아악!"

염주에 묶인 권속이 중심을 잃고 바닥에 쓰러졌다.

치이익!

황금빛으로 타오르는 염주가 점점 몸을 파고들자 놈은 고통을 이기지 못하고 몸부림쳤다.

"이놈!"

퍼억! 퍼퍽!

곧이어 조원들의 공격이 놈의 온몸을 난자했다.

콰악!

마지막으로 당욱의 장력이 놈의 가슴을 뭉개 놓았다.

쿠웅!

몇 번 꿈틀거리던 놈의 육신이 힘을 잃고 축 늘어지자 당욱과 조원들이 안도의 한숨을 내쉬었다.

"자네들이 아니었으면 큰일 날 뻔했군."

당욱이 해륜과 원무에게 고마움을 표시했다.

다른 조원들 역시 두 사람을 보는 눈이 달라져 있었다.

사실, 해륜과 원무가 아니었다면 생사를 보장할 수 없었던 상황이었으니 생명의 은인이라 해도 틀린 말이 아니었기 때문이다.

조원들의 확 달라진 반응에 원무와 해륜은 어색한 미소를 지었다.

그때였다.

퍽!

"목을 자르지 않으면 완전히 죽지 않을 수도 있습니다."

어느새 앞으로 나선 담천이 천령검으로 바닥에 쓰러진 권속의 목을 향해 휘둘렀다.

하지만 암혼기도 끌어 올리지 않은 상태에서 두껍고 단단한 권속의 목이 쉽게 잘릴 리가 없었다.

몇몇 조원들이 담천의 모습에 조소를 띠었다.

지금껏 아무것도 하지 않고 있다가 권속들이 쓰러지고 나니, 무언가 보여 주려고 나섰다가 망신만 당한 꼴이었기 때문이다.

눈살을 살짝 찌푸린 담천이 다른 이들의 반응에 아랑곳하지 않고 다시 한 번 검을 휘둘렀다.

퍼억! 퍽! 퍼억!

담천은 권속의 목이 잘릴 때까지 몇 번이고 반복해서 천령검을 내려쳤다.

천령검이 휘둘러질 때마다 사방으로 피가 튀어 올랐다.

자른다기보다는 짓이긴다는 표현이 더 어울리는 섬뜩한

모습이었다.

담천에게 조소를 보내던 이들의 얼굴도 차츰 질린 표정으로 변하기 시작했다.

스걱!

열 번이 넘는 칼질 끝에 결국 권속의 목이 몸에서 떨어져 나갔다.

경험 많은 무사들은 갑작스러운 담천의 행동에 잠깐 놀라는 듯 했으나 크게 개의치는 않았다.

어차피 실전에서는 더한 일들도 겪기 마련이기 때문이다.

단지 담천이 보여 준 새로운 면모에 약간 이채를 띠었을 뿐이다.

하지만 아직 실전 경험이 없는 어린 조원들에겐 너무 잔혹하고 충격적인 모습이었던지 고개를 돌리거나 눈살을 찌푸리는 이들이 많았다.

처음의 비웃음은 이미 멀리 사라져 버린 뒤였다.

담천을 우습게 보던 양화마저도 파랗게 질린 표정으로 마른 침을 삼키고 있을 정도였다.

물론 양화는 잔혹스러운 광경 보다는 담천이 그런 과격한 행동을 했다는 것 자체에 놀란 것이다.

"나머지 한 놈도 목을 쳐야 합니다."

셋 중 한 녀석은 이미 조원들의 공격에 의해 목이 잘린 상태였다.

마지막 한 놈만 남은 것이다.

담천의 이야기에 다들 머뭇거리고 있자, 의외로 설소령이 나섰다.

콰악!

검기가 서린 설소령의 검이 나머지 권속의 목을 베었다.

담천과는 달리 두 번 만에, 비교적 간단히 권속의 목을 베어 낸 설소령을 다들 질린 표정으로 바라보았다.

아름다운 외모와 어울리지 않는 냉혹한 손속이었던 것이다.

그녀의 별호가 왜 빙화(氷花)인지 확인할 수 있는 순간이었다.

"이제 어떻게 하실 겁니까? 정찰대의 존재가 놈들에게 알려졌으니, 곧 추적대가 올 겁니다."

담천의 목소리에 멍하니 설소령을 바라보던 조원들이 정신을 차렸다.

그제야 자신들의 상황에 대해 인식하게 된 것이다.

아직 서안까지는 한참을 더 가야 했다.

기척을 숨기면서 움직이려면 속도가 더 느려질 수밖에 없었다.

서안에 도착하기까지 혈천의 경계와 추적대를 모두 피해 낸다는 것은 불가능에 가까웠다.

"각자 의견들을 말해 보게."

당욱 역시 현재의 상황이 만만치 않음을 느꼈는지 무거운 목소리로 조원들의 의견을 물었다.

"부상자도 있는 상태에서 더 이상 임무를 수행하는 것은 무리라고 봅니다. 일단 혈천이 요마들을 부린다는 사실을 안 것만도 큰 성과이니 이쯤에서 철수하도록 하지요."

불안한 얼굴로 당요가 말했다.

몇몇 조원들이 고개를 끄덕여 동의를 표했다.

권속의 괴물 같은 모습과 무시무시한 능력에 그들 대부분이 두려움을 느끼고 있는 상태였다.

만일 해륜과 원무가 없었다면 땅에 누워 있는 것은 권속들이 아니라 자신들이었을 것이다.

또 다시 놈들과 싸워야 한다고 생각하니 도저히 엄두가 나지 않았다.

게다가 괜한 욕심으로 무리를 하다간 자칫 퇴로까지 막혀 버릴 위험도 있었다.

"요마가 놈들과 함께 하고 있는 것은 알았지만, 놈들의 움직임에 대해서는 전혀 파악하지 못한 상태예요. 이대로 돌아간다면 아무런 정보도 없이 놈들의 공격을 맞이해야 합니다. 어차피 위험한 임무라는 사실은 모두 알고 있지 않았나요? 조금 무리가 되더라도 본래의 임무를 수행해야 된다고 봅니다."

그때 설소령이 당요의 의견에 반박했다.

사실 이대로 서안 근처에도 못 가 보고 물러서게 된다면 애써 정찰대를 운용한 의미가 없었다.

아무런 정보도 없는 상태에서 만일, 놈들의 본진이 서안으로 움직이거나, 우회하게 되면 정도연합은 아무것도 모른 채 뒤통수를 맞을 수 있었기 때문이다.

애초부터 목숨을 걸어야 하는 위험한 임무였다.

이제와서 목숨이 아까워 아무것도 못해 보고 도망친다는 것은 그녀가 생각하기에 너무도 무책임한 일이었다.

"옳소! 설 소저의 말이 맞습니다! 목숨을 걸어서라도 반드시 놈들의 움직임을 파악하는 것이 우리 정찰대의 사명 아니겠습니까!"

눈치를 보던 양화가 얼른 나서서 설소령의 의견에 찬동했다.

"게다가 담씨세가의 두 분이 있는데 무슨 걱정입니까? 요마들이 나타난다 해도 두 분이 돕는다면 얼마든지 상대할 수 있습니다! 이제 보니 마귀를 잡을 때도 두 분이 활약하신 게 틀림없습니다. 그러니, 몸도 안 좋은 담 공자가 공을 세울 수 있었던 게 아니겠습니까?"

그 와중에도 담천을 어떻게든 깎아내리려는 양화였다.

하지만 나름 일리는 있었던지라 조원들의 공감을 이끌어 냈다.

"맞습니다! 우리는 정도연합의 승리의 밑거름이 되기 위해 이곳까지 왔습니다. 우리가 어떻게 하느냐에 따라 수많은 이들의 목숨을 살릴 수 있습니다!"

조원들의 얼굴에 비장한 각오가 떠올랐다.

담천으로서는 환영할 일이었다.

양화를 처리할 시간을 벌 수가 있었기 때문이다.

게다가 혈천에 있는 마귀들도 이번 기회에 확인할 수 있다면 일석이조였다.

"알겠네! 자네들의 의견이 그렇다면 임무를 계속 진행하는 것으로 하지! 단, 놈들의 추격대와 부딪히면 그때는 후퇴해야 하네."

어차피 추격대에게 들키게 되면 임무의 수행이 문제가 아니라 생사를 장담할 수 없는 상황이었다.

최선을 다해 살아남는 것 외에는 할 수 있는 것이 없었다.

조원들은 부상당한 종리세가의 무사를 나머지 두 사람과 본진으로 돌려보낸 후 다시 서안으로 향했다.

해륜은 술법을 이용하여 일행의 기척을 지웠다.

그 덕에 두 번이나 추격대와 마주치고도 들키지 않을 수 있었다.

서안을 향해 걸음을 옮긴 지 이각쯤 지나자 갑자기 하늘에서 비가 쏟아지기 시작했다.

쏴아아아아!

제법 굵은 빗줄기가 조원들을 흠뻑 적셨지만, 누구 하나 입을 여는 사람은 없었다.

이제 서안과는 십여 리밖에 남지 않은 거리였다.

이곳에서 입을 연다는 것은 자살 행위와 같았다.

그나마 빗소리가 그들의 기척을 가려 주고 있는 것이 다행이라면 다행이었다.

"쉿!"

그때, 앞서 가던 당욱이 일행을 멈춰 세운 채 나무 위로 올라가라는 신호를 보냈다.

모두가 숨을 죽인 채 조심스럽게 나무를 타고 올랐다.

곧이어 그들의 전방 숲 쪽에서 빗소리에 섞여 희미한 인기척이 들려왔다.

아직 시야에 드러나지는 않았지만 먼 거리에서도 기척이 느껴질 정도면 상당한 인원이 움직이고 있는 것이 분명했다.

담천의 왼쪽 가슴에도 뜨거운 열기가 느껴졌다.

반응이 상당히 강렬한 것으로 보아 최소한 강회를 넘어서는 마귀가 존재하고 있는 것이 분명했다.

점점 소리가 커지며 놈들의 선두가 시야에 드러나는 순간 조원들은 그대로 굳어 버렸다.

놈들의 숫자가 예상보다 훨씬 많았던 것이다.

"상당한 수군요······."

전유가 심각한 표정으로 말했다.

거리가 제법 먼데다 비까지 시야를 가려서 희미하게 보였지만, 놈들의 숫자는 어림잡아도 삼백 명은 되어 보였다.

게다가 상당한 거리임에도 놈들의 기세가 느껴지는 것으로 보아 그 실력도 만만치 않을 것이 분명했다.

"척위경!"

당욱이 무거운 목소리로 선두에 선 외눈의 마인을 바라보며 말했다.

외눈에 구척이 넘는 거한. 거기다 거치도를 사용해 상대를 찢어발기는 잔혹한 성정.

혈천의 마인들 중 정예들만 모아 조직한 별동대인 흑풍대의 대장 척위경이 바로 그의 정체였던 것이다

척위경은 이미 화경을 넘어선 고수 중에 고수였다.

게다가 그가 있다는 것은 지금 보이고 있는 혈천의 마인들이 바로 전 강호를 벌벌 떨게 하는 혈천의 별동대인 흑풍대라는 이야기였다.

흑풍대는 대원 모두가 최하 절정을 넘어선 고수들로 구성되어 있었다.

그들의 임무는 적을 기습하거나 요인을 암살하고, 적진

에 파고들어 혼란을 유발시키는 것이다.

무려 삼백이 넘는 절정고수였다.

만일 저들이 정도연합을 기습한다면 아무 대비도 하지 못한 지금 상황에서는 상당한 피해를 입게 될 것이 분명했다.

어서 빨리 이 사실을 본진에 알려야 했다.

그때, 오십 장 정도 거리를 남겨 두고 놈들이 움직임을 멈췄다.

선두에 선 척위경의 입가에 음산한 미소가 걸렸다.

"쥐새끼들이 숨어 있었군!"

정찰대의 존재를 알아차린 것이다.

척위경이 손짓을 하자 마인들이 진영을 넓게 벌리며 정찰대를 향해 서서히 다가왔다.

아마도 도망치지 못하게 포위하려는 의도일 것이다.

"숨어 있지 말고 서로 인사나 하지? 후후후."

조원들이 숨어 있는 나무를 바라보며 척위경이 비릿한 미소를 지었다.

오십 장이나 떨어진 거리에서 기척을 죽이고 숨어 있는 조원들의 존재를 잡아낸 것이다.

당욱의 안색이 침중해졌다.

이대로 놈들과 부딪히는 것은 자살 행위였다.

정찰대가 현재 가장 중요시해야 할 것은 어떻게 해서든

한 사람이라도 살아남아 이 사실을 정도연합에 알리는 것
이다.

결심을 굳힌 당욱이 입술을 꽉 깨물었다.

[이대로 모두 흩어져서 도망친다! 한 사람이라도 살 수
있다면 이 사실을 반드시 정도연합에 알리도록…… 지금!]

전음과 함께 당욱이 지체하지 않고 뒤쪽으로 몸을 날렸
다.

조원들 역시 그의 의도를 알아차리고 사방으로 흩어졌
다.

"놓치지 마라!"

그 뒤를 혈천의 마인들이 쫓았다.

삼백이 넘는 흑풍대가 광기에 젖는 눈빛을 한 채 달려오
는 모습은 그야말로 모골이 송연할 정도로 살벌했다.

2장
양화

한편, 담천은 명륜안을 이용해 흑풍대를 살폈다.

놈들은 넓게 퍼지며 조원들을 향해 다가오고 있었다.

포위를 해서 한 명도 놓치지 않으려는 심산일 것이다.

마인들 중 두 명의 마귀와 열 명의 권속이 보였다.

놈들의 존재가 느껴지는 것으로 보아 원무와 해륜이 돕는다면 충분히 상대해 볼 수 있을 것 같았다.

하지만 정체가 빤히 드러난 상황에서 암혼기를 끌어 올릴 수는 없었다.

[이대로 모두 흩어져서 도망친다! 한 사람이라도 살 수 있다면 이 사실을 반드시 정도연합에 알리도록…… 지금!]

그때, 당욱의 전음이 들려왔다.

담천의 눈이 빛났다.

'일단, 달아나다 기회를 봐서 암혼기를 사용해야겠군.'

흩어져 달아나다 보면 다른 사람들의 눈을 피할 수 있는 기회가 생길 것이다.

그때 암혼기를 사용해 모습을 숨기면 누구도 담천의 정체를 눈치채지 못하리라.

게다가 마귀들을 잡는 것보다 더 중요한 일이 있었다.

바로 양화에게 원수에 대한 정보를 얻는 것이다.

결정을 내린 담천은 곧장 양화를 찾았다.

어이없게도 양화는 그 와중에도 가문의 무인들과 함께 설소령이 움직인 방향으로 달려가고 있었다.

"나는 양화를 쫓을 것이오. 그대들은 어떻게 하겠소?"

담천은 해륜과 원무에게 급히 물었다.

그들 역시 을급 동원령 때의 일로 양화가 마귀들과 연관이 있음을 알고 있었다.

두 사람은 잠시 갈등했다.

그들도 흑풍대에 숨은 마귀와 권속의 존재를 눈치챈 터였다.

만일, 그들이 담천과 함께 움직이게 되면 나머지 일행들은 마귀와 권속들에게 죽임을 당할 것이 분명했다.

"우리는 각자 다른 사람들을 돕는 것이 좋겠습니다. 한 사람이라도 더 살려야지요."

원무가 결심을 굳힌 듯 이야기했다.

담천이 고개를 끄덕였다.

원무의 실력이라면 충분히 마귀와 권속들의 추적을 따돌리거나 놈들을 제압할 수 있을 것이다.

문제는 해륜이었다.

이전보다 실력이 늘긴 했으나 권속은 몰라도 마귀와 상대하게 된다면 승부를 장담할 수 없었다.

게다가 흑풍대의 다른 마인들까지 가세한다면 무공이 높지 않은 해륜으로서는 곤란한 상황에 처하게 될 것이다.

예전 같으면 해륜이 어떻게 되든 상관하지 않았을 테지만, 그동안 몇 번의 고비를 함께 했던 탓인지 왠지 신경이 쓰였다.

"해륜, 그대는 나와 같이 움직이도록 하지. 어차피 정도연합과 그대는 아무런 관계가 없지 않은가? 괜히 목숨까지 걸 필요가 있나?"

담천답지 않은 제안에 해륜이 잠시 놀란 눈빛을 했다가 입술을 깨물었다.

물론, 담천과 함께 간다면 그만큼 위험이 줄어들 것이 분명했다.

하지만 자신의 안위를 위해 다른 사람들을 버릴 수는 없었다.

"아닙니다. 다른 사람들의 죽음을 모른 채 할 수는 없습니다. 놈들과 정면 대결을 하지 않고 피하는 거라면 환술이 있으니 해볼 만합니다."

환영이나 진법을 사용하면 놈들의 이목을 흐트러뜨릴 수 있을 것이다.

완고한 해륜의 대답에 담천도 더 이상 강요하지 않았다.

게다가 이미 놈들이 지근거리까지 다가온 상태인지라 설득할 시간도 없었다.

"그럼, 너무 무리하지 말고 본진에서 만나도록 하지."

마지막 말을 남긴 담천이 곧장 양화를 쫓아 몸을 날렸다.

해륜과 원무도 각자 방향을 잡아 먼저 움직인 조원들의 뒤를 쫓았다.

"놈들이 달아난다! 놓치지 마라!"

조원들이 달아나는 것을 눈치챈 척위경이 마인들에게 추격을 명했다.

사냥이 시작된 것이다.

◑

담천은 적당한 거리를 유지한 채 양화의 뒤를 쫓았다.

양화는 설소령과 함께 달아나고 있었다.

검각과 신창양가의 고수들까지 모두 여섯이 함께 움직이

고 있는 것이다.

담천의 뒤쪽으로는 흑풍대의 마인 다섯이 광기에 젖은 눈을 빛내며 뒤쫓고 있었다.

그중 한 명은 권속이었다.

양쪽을 한 번씩 바라본 담천이 갑자기 신형을 멈추고 마인들을 향해 돌아섰다.

"이쯤이 좋겠군."

주변을 확인한 담천이 의미를 알 수 없는 말을 내뱉었다.

"큭큭큭! 그만 목을 내놓기로 마음먹은 것이냐?"

여유 있게 도를 어깨에 걸친 권속 녀석이 어이없다는 듯 웃으며 말했다.

담천의 얼굴이 너무도 담담했기에 마치 모든 걸 포기한 사람 같아 보였기 때문이다.

"크크크, 다른 사람을 위해 희생이라도 할 모양입니다."

"그렇게는 안 되지! 왕백, 네가 저 녀석을 상대하거라. 우리는 앞서 간 놈들을 쫓을 테니."

권속이 왕백이라는 키가 작은 마인에게 명을 내리고는 담천을 지나쳐 가려 할 때였다.

우우우우웅!

순간, 담천의 온몸을 검은 기류가 감쌌다.

암혼기를 끌어 올린 것이다.

이미 주변에 다른 기척이 없음을 확인한 담천이었다.

여기 있는 다섯 놈만 죽이면 담천의 정체가 드러날 걱정이 없는 것이다.

갑작스럽게 변한 담천의 기세에 권속과 네 마인들이 움찔했다.

본능적으로 담천이 자신들의 상대가 아님을 느낀 것이다.

어느새 담천의 온몸은 암혼기에 가려져 아무것도 보이지 않았다.

"놈이 강하다 해도 우리는 다섯이다! 두려워하지 말고 쳐라!"

마인들에게 명을 내림과 동시에 권속이 본신을 드러냈다.

순간 담천의 신형이 사라졌다.

"허억!"

담천의 움직임을 놓친 마인들이 당황한 모습으로 담천의 위치를 찾았다.

하지만 이미 암혼기 두 번째 단계를 넘어선 담천의 움직임을 그들이 잡아내는 것은 무리였다.

"크억!"

어느새 좌측으로 움직인 담천의 검에 왕패라 불리던 마인의 가슴에 구멍이 났다.

그야말로 전광석화와 같아서 나머지 네 명은 담천이 어떻게 손을 썼는지조차 알 수 없었다.

"이놈!"

권속이 재빨리 도를 크게 휘둘렀으나, 허공만 갈랐을 뿐, 이미 담천은 다른 마인의 목에 검을 박아 넣고 있었다.

"커헉!"

두 번째 마인의 육신이 미처 땅에 쓰러지기도 전에 미끄러지듯 움직인 담천이 세 번째 마인의 허리를 반으로 잘랐다.

위아래로 분리된 몸이 피와 내장을 쏟아 냈다.

"크아아악!"

거의 동시에 네 번째 마인이 두 다리를 잃은 채 바닥으로 무너져 내렸다.

네 명의 마인들이 모두 쓰러지기까지는 그야말로 눈 한 번 깜빡할 시간만 걸렸을 뿐이었다.

"이, 이놈!"

혼자 남은 권속이 두려운 표정으로 혼신의 힘을 다해 담천의 머리를 향해 도를 내려쳤으나, 담천에게는 하품이 나올 정도로 느리게만 느껴졌다.

슬쩍 움직여 머리카락 하나 차이로 도를 흘려 낸 담천이 그대로 일섬단일(一閃斷日)을 펼쳤다.

번쩍!

섬광과 함께 권속의 움직임이 그대로 멈췄다.

동시에 놈의 이마로부터 세로로 가는 혈선이 생겨 나고……

푸아악!

피가 뿜어져 나오며 놈의 몸이 좌우로 양단된 채 무너져 내렸다.

천령검을 휘둘러 피를 털어 낸 담천이 가슴을 둘러싼 비단 천을 풀고 암혼기를 끌어 올렸다.

천혜린이 아무 때나 기운이 흡수되는 것을 방지하기 위해 담천에게 준 물건이었다.

슈우우우우욱!

가려졌던 문양이 드러나며 권속의 기운이 담천에게 빨려 들어갔다.

마치 막힌 둑이 터져 나가듯 빠른 속도였다.

눈 깜짝할 사이에 권속의 기운을 흡수한 담천은 다시 비단 천으로 문양을 가리고, 곧장 양화가 움직인 방향으로 몸을 날렸다.

암혼기를 끌어 올린 담천이 양화를 따라잡는 것은 금방이었다.

반 각도 되지 않아 앞쪽에서 양화와 일행들의 기척이 느껴졌다.

'응?'

담천의 얼굴이 굳었다.

비명 소리가 들렸기 때문이다.

아무래도 또 다른 마인들과 마주친 듯했다.

담천은 더욱 속도를 올렸다.

자칫 양화가 죽는다면 원수를 찾는 일은 다시 원점으로 돌아가 버린다.

☯

설소령은 당욱의 명이 떨어지자마자 검각의 무인들과 함께 동쪽을 향해 몸을 날렸다.

그녀의 소임은 어떻게든 살아남아 정도연합에 흑풍대의 기습을 알리는 것이었다.

본진 근처에 다다르기만 하면 신호탄을 쏘아 올려 습격을 알릴 수 있었다.

그렇게만 되도 흑풍대의 기습은 그 효과를 상당 부분 잃게 될 것이다.

뒤쪽을 바라본 설소령의 눈살이 찌푸려졌다.

지금은 되도록 흩어져야 한 명이라도 살아날 수 있는 가능성이 높아지는 상황이었다.

한데 양화와 신창양가의 무사들은 어리석게도 자신의 뒤를 따라붙고 있었다.

도중에 이리저리 방향을 바꾸어 움직여 봤으나 마찬가지였다. 일부러 자신의 뒤를 따르는 것이 분명했다.

사내들의 관심이야 항시 받는 터라 무시해 버리면 그만이었지만, 지금과 같은 위기 상황에까지 정신을 못 차리는 양화에게 짜증이 일었다.

"양 공자, 왜 자꾸 따라오는 거죠?"

참다못한 설소령이 눈썹을 추켜올리며 물었다.

"이게 다 소저를 보호하기 위해서입니다. 소저는 제가 반드시 살아 돌아가시도록 할 것입니다."

짐짓 비장한 표정을 지으며 말하는 양화를 보며 설소령이 실소를 내뱉었다.

"대체, 누가 누굴 보호한단 말이죠?"

어이없다는 표정으로 설소령이 쏘아붙였다.

설소령은 이미 초절정을 눈앞에 둔 고수.

이제 간신히 절정에 다다른 양화가 어찌 설소령을 보호한다는 말인가.

"비. 비록 제가 실력은 부족하지만, 소저를 위해 방패막이가 되어 드릴 것입니다!"

스스로도 겸연쩍었는지 양화가 얼굴을 붉혔다.

"큭큭큭! 이거 내가 오늘 운이 좋구나, 야들야들한 계집이 걸리다니."

그때였다.

설소령 일행이 움직이는 앞쪽에서 마인 하나가 나타났다.

설소령의 표정이 딱딱하게 굳었다.

나타난 이는 바로 흑풍대의 우두머리 척위경이었던 것이다.

"크크크크."

외눈을 번들거리며 다가오는 척위경의 뒤로 다시 일곱 명의 마인이 더 나타났다.

엎친 데 덮친 격이었다.

현재 일행 중에는 척위경를 상대할 만한 실력을 가진 이가 없었다. 아니, 사실 여섯 명이 동시에 덤벼든다 해도 이기지 못할 가능성이 더 높았다.

그런데 새로 나타난 마인들 역시 만만치 않은 기세를 풍기고 있었다.

게다가 시간을 끌면 더 많은 마인들이 몰려들 것이다.

그야말로 눈앞이 캄캄한 상황이었다.

"흥! 설 소저에게 해를 입히려면 먼저 날 넘어서야 한다!"

양화가 분위기 파악도 못하고 창을 치켜세운 채 앞으로 나섰다.

"이놈은 또 뭐냐? 큭큭큭, 어차피 모두 죽일 것이니 서두를 필요 없다."

척위경이 재밌다는 듯 애꾸눈을 실룩거렸다.

"특히 네놈은 가장 나중에 죽여 줄 테니. 내가 저년을 어떻게 요리하는지 잘 보거라. 아니면 차라리 같이 즐기는 것은 어떠냐? 크크크크."

"큭큭큭!"

함께 온 마인들이 킥킥 대며 설소령과 양화를 조롱했다.

척위경의 음담패설에 가까운 이야기에 양화는 물론 검각의 무사들의 얼굴이 일그러졌다.

"더, 더러운 입으로 설 소저를 모욕하지 마라!"

"이놈!"

"안 돼요!"

설소령이 말렸으나 검각의 무사들과 양화가 더 이상 참지 못하고 척위경을 향해 달려들었다.

이렇게 되자 설소령도 싸움에 끼어들 수밖에 없었다.

어차피 척위경이 그들을 살려 줄 리는 없는 상황, 최선을 다해 보고 기적이 일어나길 기다리는 수밖에 없었다.

불나방처럼 달려드는 여섯 명을 보며 척위경이 이빨을 드러내며 비릿한 미소를 지었다.

"너희는 끼어들지 말거라."

나머지 흑풍대원들을 물러서게 한 척위경이 여유 있게 거치도를 휘둘렀다.

하지만 놀랍게도 늦은 듯 보였던 그의 도가 여섯 무사의 검과 창을 한 번에 모두 쳐 냈다.

따다다다당!

설소령과 양화를 비롯한 여섯 명의 조원은 강력한 반탄력에 놀라 뒤로 주춤주춤 물러섰다.

이미 공력에서부터 상대가 되지 않는 것이다.

하지만 그렇다고 모든 걸 포기한 채 그냥 죽어 줄 수는 없었다.

이를 악문 설소령이 검을 고쳐 잡자 나머지 조원들도 각자의 무기를 꽉 쥔 채 척위경을 노려보았다.

"어디 한 번 놀아 보자, 크하하하하!"

광소와 함께 놈의 도에 달린 톱날이 마치 맹수의 이빨처럼 번들거리며 조원들을 향해 날아왔다.

담천이 도착한 것은 척위경이 막 양화를 비롯한 조원들에게 거치도를 휘두르는 순간이었다.

양화의 안위를 확인한 담천이 안도의 한숨을 내쉬었다.

담천은 우선 상황을 살폈다.

'마귀와 권속!'

명륜안에 놈들의 정체가 드러났다.

척위경은 마귀였고, 나머지 일곱 마인 중 두 녀석은 권속이었다.

명륜안으로 확인할 수 있다는 것은 부딪혀 볼 만한 상대라는 이야기였다.

막 달려 나가려던 담천이 움직임을 멈췄다.

'일찍 나설 필요는 없지.'

담천에게 필요한 것은 양화뿐이었다.

사실 나머지 사람들은 오히려 죽어 주는 편이 담천에겐 여러모로 이득이었다.

만일 그들이 살아남는다면 양화를 데려가려는 담천을 막으려 할 수도 있었고, 자신에 대한 이야기—영화루와 진가장원 사건의 복면인이 나타났다는—를 본진에 알리게 되면서 활동에도 제약을 받게 될 것이다.

죄책감 따위는 이미 한 번 죽었을 때 모두 날려 버린 상태였다.

주변을 확인해 본 결과 근처에 또 다른 흑풍대의 흔적은 느껴지지 않았다.

당분간은 여유가 있는 것이다.

일단 담천은 상황을 좀 더 지켜보기로 했다.

척위경은 양화와 설소령을 비롯한 여섯 명의 조원들을 가지고 놀다시피 하고 있었다.

거대한 거치도를 무척 섬세하게 휘두르며 여섯 사람에게 조금씩 상처를 냈다.

그러는 와중에 설소령의 옷이 베어져 여기 저기 속살이 드러나고 있었다.

그녀는 분한 듯 이를 꽉 깨문 상태로 척위경에게 맞서고 있었다.

담천은 눈살을 찌푸렸다.

이대로라면 너무 시간을 끌게 된다.

다른 마인들이 도착할 가능성이 높은 것이다.

현재 척위경만 해도 그리 만만치 않은 상대인데, 다른 마인들까지 가세한다면 담천도 승부를 장담할 수 없었다.

"아악!"

그때였다.

설소령의 비명 소리가 울렸다.

척위경의 거치도가 그녀의 옆구리를 할퀴고 지나간 것이다.

거치도에 옷이 찢긴 설소령은 옆구리가 훤히 드러나 있었다.

"크크크, 고년 살결이 곱기도 하구나."

음산한 웃음을 짓는 척위경의 모습에 설소령이 분을 참지 못해 부들부들 떨었다.

"이 쳐 죽일 놈!"

순간, 양화가 앞뒤 가리지 않고 정면으로 척위경에게 달려들었다.

"가만히 있었으면 죽기 전에 즐거움을 맛볼 수 있었을 것을. 제 복을 발로 차는구나. 네놈이 자초한 일이니 원망 말거라, 크크크."

척위경의 거치도가 양화를 반으로 쪼갤 듯 섬전처럼 떨어져 내렸다.

담천의 안색이 굳었다.

이대로 양화가 죽도록 놔둘 수는 없었다.

"젠장!"

욕지기를 내뱉은 담천이 암혼기를 잔뜩 끌어 올린 채 튀어 나갔다.

"웬 놈이냐!"

놀란 두 권속이 담천의 앞을 막아섰다.

놈들을 상대할 시간적 여유가 없는 담천의 얼굴이 일그러졌다.

이대로라면 양화가 반으로 쪼개지는 것을 막을 방법이 없었다.

무리를 해서라도 척위경을 막아야 했다.

이를 악문 담천이 급히 아직 완벽하지 않은 풍운십이검 제 팔 초 풍검탄섬(風劍彈閃)을 시전했다.

풍검탄섬은 기를 집중시켰다가 터뜨리며 검강이나 검기를 빠른 속도로 날리는 상승 초식이었다.

제대로 시전하기 위해선 강기를 구사해야 했다.

수련 중에 몇 번 시도해 보기는 했으나 두 번 중에 한 번은 실패하곤 해서 아직 실전에서는 한 번도 사용하지 못해 본 초식이었다.

하지만 지금으로서는 이것만이 양화를 살릴 가능성이 있는 유일한 방법이었다.

운에 맡겨 보는 도리밖에 없었다.

담천이 최대한 끌어 올린 암혼기를 천령검에 모았다.

우우우웅!

막강한 기운이 몰리자 천령검이 길게 울었다.

어느새 두 권속의 공격이 지척에 이르러 있었지만, 암혼기와 불사의 육신을 믿고 그대로 무시했다.

"핫!"

번쩍!

담천이 천령검을 쭉 뻗음과 동시에 한줄기 빛살이 척위경을 향해 일직선으로 날아갔다.

깜짝 놀란 척위경이 어쩔 수 없이 양화를 포기한 채 도를 휘둘러 풍검탄섬을 막아 냈다.

따아앙!

귀를 때리는 날카로운 쇳소리와 함께 담천이 날린 풍검탄섬이 힘없이 튕겨 나갔다.

역시 지금의 담천이 구사하기엔 너무 무리였던 것이다.

동시에 권속들의 주먹이 담천에게 작렬했다.

콰쾅!

폭음과 함께 담천의 신형이 뒤로 주르륵 밀려났다.

"크크크, 주제도 모르고 동료를 구하겠다고 끼어든 것이냐?"

담천이 양화와 동료라고 착각한 척위경이 조소를 흘렸다.

처음 담천의 빠른 움직임과 풍검탄섬에 놀라 잠시 긴장했으나, 섬전 같은 빠르기에 비해 너무도 보잘것없는 위력을 확인하자 쓸데없는 기우였다고 여긴 것이다.

한편 양화와 설소령을 비롯한 이들은 갑작스런 담천의 등장에 영문을 모른 채 엉거주춤 서 있었다.

담천이 자신들의 적인지 아군인지 확신을 할 수 없었던 것이다.

"저자는 진가를 공격한 정체불명의 복면인!"

담천의 용모를 확인한 양화가 손가락질을 하며 외쳤다.

온몸을 둘러싼 검은 기운이야말로 복면인의 가장 큰 특징이었기 때문이다.

현재 복면인은 무벌의 최우선 수배 대상이었다.

당연히 무벌의 가문 중 하나인 신창양가로서는 담천을 적대할 수밖에 없는 것이다.

양화의 말에 설소령과 검각 무사들의 안색도 어두워졌다.

담천이 척위경을 공격해서 그나마 일말의 희망을 품었는데, 그마저 사라진 것이다.

조원들의 반응을 확인한 담천이 씁쓸한 얼굴로 자세를 바로 잡고 현재 상황을 살폈다.

다행히도 척위경이 엉터리 풍검탄섬에 반응하는 바람에 양화를 살릴 수 있었다.

거기다 풍검탄섬의 실패로 인해 놈은 담천을 경시하고 있었다.

풍검탄섬을 성공하지 못한 것이 오히려 담천에게는 득이 된 것이다.

"저놈은 너희가 상대하거라."

더 이상 담천을 신경 쓸 필요가 없다고 느낀 척위경이 수하들에게 명한 후 다시 양화에게로 시선을 돌렸다.

그것은 결코 담천이 원하는 전개가 아니었다.

무슨 수를 쓰든 놈의 관심을 다시 자신에게 돌릴 필요가 있었다.

"네 녀석이 본신을 드러내면 나도 제대로 상대해 주마!"

담천의 목소리에 척위경의 움직임이 멈췄다.

본신에 대해 이야기를 한다는 것은 곧 자신이 마귀라는 사실을 안다는 이야기였다.

척위경이 서서히 몸을 돌려 담천을 향해 돌아섰다.

놈의 관심을 돌리려는 담천의 의도가 통한 것이다.

"네놈은 누구냐……."

여유 있던 전과는 전혀 다른 살벌한 얼굴로 척위경이 물었다.

자신의 진면목을 파악했다는 것은 상대가 보통 인간이 아니란 이야기였다.

권속들과 마인들도 신중한 표정으로 담천을 좌우로 둘러쌌다.

담천이 입맛을 다셨다.

놈의 방심을 이용할 수 있었던 기회를 잃은 것은 아쉬웠으나 어쩔 수 없는 선택이었다.

"마귀들의 저승사자라 할 수 있지."

평상시 같으면 쓸데없이 이야기를 늘어놓지 않고 바로 손을 썼을 담천이었으나, 지금은 무리한 초식의 운용과 권속들의 공격에 직격당한 여파로 인해 암혼기가 불안정한 상태였다. 기운을 안정시킬 시간이 필요했던 것이다.

"크크크크, 재밌군!"

입꼬리를 말아 올린 척위경의 온몸에서 엄청난 기세가 뿜어져 나왔다.

"네놈이 진정 그 말솜씨만큼만 나를 즐겁게 해 준다면, 특별히 자비를 베풀어 고통 없이 죽여 주마! 일단 수하들을 상대해 보거라."

동시에 두 권속의 몸이 변화하기 시작했다.

우두두둑!

본신을 드러내려는 것이다.

나머지 마인들은 두 권속의 뒤쪽에서 언제라도 달려들 준비를 하고 있었다.

담천이 눈살을 찌푸렸다.

아직 내기를 가라앉히려면 시간이 더 필요했다.

하지만 넋 놓고 있을 만큼 여유로운 상황이 아니었다.

다른 마귀나 권속들이 나타나기 전에 빨리 놈들을 해치우고 양화를 데려가야 했다.

'어디! 장강에서 두 마귀놈의 기운을 흡수한 뒤에 얼마나 강해졌는지 확인해 보자.'

스슥!

권속들의 몸이 온통 붉은 기운으로 뒤덮인다 싶은 순간 담천의 신형이 사라졌다.

"위다!"

척위경이 다급히 소리쳤다.

어느새 오 장이 넘는 높이를 뛰어오른 담천이 천령검을 내려치며 권속들의 머리로 떨어져 내리고 있었던 것이다.

깜짝 놀란 두 권속이 각기 붉은 기운에 둘러싸인 팔을 들어 올려 담천의 공격을 막았다.

쉬이이익!

암혼기에 둘러싸인 천령검이 그대로 긴 호선을 그렸다.

"멍청한! 피해!"

척위경이 눈을 부릅뜬 채 두 권속에게 소리쳤다.

담천의 기세가 풍검탄섬을 받아 낼 때와는 천지차이였기 때문이다.

하지만 너무 늦게 알아차렸다.

쉬이익!

수직으로 떨어져 내리던 천령검의 궤적이 갑자기 수평으로 바뀜과 동시에 암혼기가 길게 뻗어 나왔다.

이어진 결과는 척위경과 마인들, 설소령과 양화를 비롯한 정찰대원 모두를 경악하게 만들었다.

서걱!

천령검으로 부터 일 장이 넘게 솟구쳐 오른 암혼기의 궤적에 걸린 두 권속의 팔과 머리가 그대로 잘려 나간 것이다.

비명조차도 없었다.

단 일 초 만에 벌어진 일이었다.

담천조차 놀랄 정도의 위력이었다.

'암혼기가 이 정도로 솟구쳐 오르다니!'

마치 화경을 넘어선 고수들이 강기를 사용하듯 암혼기가 놈들을 벤 것이다.

놀란 것은 양화와 설소령도 마찬가지였다.

그 무시무시한 권속들을 단 일검에 쓰러뜨린 담천의 무

위는 그들로서는 상상조차 할 수 없는 것이었다.

"개자식!"

그제야 뒤쪽에 있던 다섯 마인들이 담천에게 달려들었다.

그들이 손을 쓸 틈조차 없었을 정도로 담천의 움직임이 빨랐던 것이다.

하지만 권속도 아닌 일반 마인들이 담천의 상대가 될 리가 없었다.

담천이 그들을 쓰러뜨리는 데엔 단 삼 초면 충분했다.

다섯 마인은 담천의 움직임도 확인하지 못한 채 모두 목이 달아났다.

"이제 할 마음이 생겼나?"

다섯 마인의 목을 벤 담천이 씨익 웃으며 척위경에게 천령검을 겨눴다.

척위경의 얼굴이 일그러졌다.

암혼기에 가려 담천의 조소를 확인할 수는 없었으나 목소리만으로도 자신을 조롱하고 있음을 느낄 수 있었다.

"놈! 후회하게 해 주마!"

우우우우우웅!

척위경 주위의 대기가 요동하며 놈의 모습이 변하기 시작했다.

담천은 놈이 변신할 때까지 기다려 줄 마음이 조금도 없었다.

쉬이이익!

풍운십이검의 절초인 천월삼추(穿月三錐)가 펼쳐졌다.

달을 꿰뚫는 세 개의 송곳이라는 이름처럼 세 갈래로 분열한 천령검이 척위경의 머리와 양쪽 가슴의 요혈을 동시에 노렸다.

쩌어어어엉!

하지만 기대했던 피육음이 아닌 쇠와 쇠가 부딪히는 굉음이 터져 나왔다.

어느새 거치도를 들어 올린 척위경이 천월삼추를 막아낸 것이다.

"크윽!"

하지만 급히 기운을 끌어 올린 터라 손해를 면치 못한 듯 척위경은 뒤로 세 걸음이나 밀려나 있었다.

"비겁한 놈!"

두 개의 머리에 온몸이 털로 뒤덮인 괴물로 변한 척위경이 잔뜩 충혈 된 눈으로 담천을 노려봤다.

담천으로서는 어이없는 비난이었으나 쓸데없이 말을 섞기보단 공격을 선택했다.

미처 척위경이 자세를 잡기도 전에 담천의 두 번째 공격인 일섬단일이 펼쳐졌다.

번쩍!

콰아아앙!

연이어 천령검이 쉴 새 없이 암혼기를 쏟아 냈다.

애써 잡은 선기를 놓칠 수는 없었기 때문이다.

그때였다.

"우워어어어어!"

놈의 두 머리에서 사자후가 터져 나왔다.

우우우우우웅!

두 개의 입으로 부터 뿜어져 나온 강력한 음파가 담천을 직격했다.

예상치 못한 공격에 허를 찔린 담천이 공격을 멈춘 채 척위경의 음파에 저항했다.

"크윽!"

마치 피부가 조각조각 갈라지는 듯한 고통이 느껴졌다.

그나마 암혼기가 어느 정도 막아 주었기에 버텨 내고 있었지 그렇지 않았다면 이미 피를 뿌리며 쓰러졌을 것이라 느껴질 정도였다.

다행히도 음파의 사용 시간이 그리 길지는 않은 듯 얼마 되지 않아 놈의 공격이 멈췄다.

눈을 빛낸 담천이 막 척위경을 향해 돌진하려는 순간이었다.

슈슈슈슈슉!

섬광이 번뜩이며 수십 발의 강기 덩어리가 담천을 덮쳤다.

음파 공격을 통해 틈을 얻은 척위경이 혼신의 힘을 다해 강기를 날린 것이다.

담천으로서는 전혀 예상치 못한 공격이었다.

놈이 마귀라는 사실만 생각했지, 화경의 고수라는 것을 망각하고 있었던 것이다.

담천은 그야말로 반사적으로 몸을 움직여 강기를 피했다.

하지만 아무리 담천이라 해도 강기다발을 모두 피해 내는 것은 역부족이었다.

퍼퍼퍼퍼퍽!

파육음과 함께 암혼기에 뒤덮인 담천이 그대로 바닥에 무릎을 꿇었다.

"끄으윽!"

천령검으로 간신히 몸을 떠받힌 채 버티고는 있었으나 상처가 너무 컸다.

오른쪽 폐와 복부, 옆구리, 왼쪽 어깨에 커다란 구멍이 뚫렸다.

게다가 목의 살점도 한 주먹 가까이 떨어져 나갔다.

고통이 밀려오며 정신이 혼미해졌다.

'젠장!'

쉽게 승기를 잡은 탓에 너무 방심했다.

놈이 화경을 넘어선 고수라는 사실을 잊은 것이다.

하지만 이 상황에서 후회는 의미가 없었다.

이를 악문 담천은 일단 암혼기를 끌어 올렸다.

아직 끝난 것이 아니다.

담천에게는 불사의 육신이 있었다.

상처가 빠른 속도로 재생되기 시작했다.

'재생 속도도 빨라졌다.'

분명 두 마귀의 힘을 흡수한 영향일 것이다.

"크크크! 득의양양하더니 꼴좋구나!"

무릎을 꿇고 있는 담천을 보며 척위경이 회심의 미소를 터뜨렸다.

자신의 공격이 제대로 적중하는 것을 확인한 터였다.

척위경은 승부는 이미 끝났다고 단정했다.

암혼기에 가려져 담천의 상처가 회복되고 있는 것을 알지 못하는 것이다.

"잠시 기다리거라! 먼저 재미 좀 본 후 네놈을 끝내 주마!"

음산한 미소를 지은 척위경이 설소령을 바라봤다.

'멍청하게 아직도 피하지 않고 뭐하고 있던 건가!'

담천으로서는 답답한 상황이었다.

다른 이들이야 어찌 되든 상관이 없었으나 양화만은 살려야 했다.

'할 수 없군!'

상처가 아직 깊은 상태였으나 이 기회를 놓칠 수는 없었다.

그나마 다행인 점은 검을 잡은 오른팔이 멀쩡하다는 것과, 놈이 방심하고 있다는 사실이었다.

'단숨에 끝내 버린다!'

이를 악문 담천이 왼쪽 가슴의 문양에 암혼기를 주입했다.

우우우우웅!

두 번째 단계를 넘어서며 쓸 수 있게 된 술법 암혼장(暗魂場)이 펼쳐졌다.

"허억!"

설소령에게 다가서던 척위경이 갑작스럽게 몸이 무거워지자 당황한 모습으로 멈춰 섰다.

동시에 등 뒤쪽에서 날카로운 기운이 다가옴을 느꼈다.

담천이 누워 있던 방향이었다.

그제야 무언가 잘못되었음을 느낀 척위경이 급하게 돌아섰으나 몸이 이전보다 늦게 반응했다.

그 찰라의 차이가 척위경에게는 최악의 결과를 가져왔다.

콰콰콰콰!

암혼기의 폭풍이 막 돌아서려는 척위경의 등을 강타했다.

현재 담천이 시전할 수 있는 풍운십이검 최고의 초식 삭풍소월(朔風消月)이 펼쳐진 것이다.

암혼기가 회오리치며 척위경의 등에 작렬했다.

"크아아악!"

비명 소리와 함께 너덜너덜해진 척위경의 등에서 피가 사방으로 튀었다.

마치 무언가에 갈린 듯 척위경의 두껍던 등판은 거의 구멍이 나 있었다.

만일 담천이 상처 입지 않은 상황이었다면 삭풍소월이 휩쓸고 지나간 자리에는 아무것도 남지 않았을 것이다.

하지만 아쉽게도 현재의 담천은 전력을 다할 수 없는 상태였기에 완전히 꿰뚫지 못한 것이다.

담천은 고통을 참으며 지체하지 않고 몸을 띄워 회선탄류(回線彈流)를 시전 했다.

횡으로 펼쳐진 천령검의 궤적에 척위경의 두 머리가 걸렸다.

서걱! 퍽!

잘린 척위경의 머리 두 개가 허공으로 솟아오르고, 동시에 구 척이 넘는 놈의 육신이 땅바닥에 무너져 내렸다.

쿠웅!

"으음……."

땅에 내려선 담천이 나직한 신음을 흘렸다.

방심하다 척위경에게 죽을 뻔했고, 반대로 방심한 척위경이 결국 담천의 손에 죽었다.

목숨을 건 싸움에서 상대를 경시하거나 긴장을 놓는 것은 스스로 목을 내주는 행위라는 사실을 다시 한 번 뼛속 깊이 세긴 싸움이었다.

"끄응……."

통증을 삭인 담천이 왼쪽 가슴으로 손을 가져갔다.

문양을 가린 비단 천을 풀기 위해서였다.

오랜만에 잡은 마귀를 놔두고 갈 수는 없는 것이다.

게다가 두 마귀의 힘을 흡수한 후 육신의 재생 속도가 훨씬 빨라진 것을 볼 때, 놈의 기운을 흡수하면 상처가 더욱 빨리 아물게 될 터였다.

후우우우우웅!

담천이 비단 천을 내림과 동시에 담천과 척위경의 시신 사이에 기의 폭풍이 일어났다.

콰콰콰콰!

놈의 기운은 장강에서 만났던 마귀들보다 오히려 위쪽이었다.

하기야, 두 놈의 기운을 흡수한 담천이 놈에게 죽을 뻔했으니 당연한 결과이리라.

쿠쿠쿠쿠쿠!

척위경에게서 빠져나온 엄청난 양의 붉은 기운이 담천에게 빨려 들어갔다.

동시에 두 권속들의 기운까지 담천을 향해 움직였다.

세 갈래의 기운이 회오리치며 암혼기에 뒤덮인 채 허공으로 떠오른 담천에게 빨려 들어가는 모습은 몹시 기괴했다.

양화와 설소령을 비롯한 무사들은 두려운 눈으로 그 모습을 지켜봤다.

"저…… 설 소저. 얼른 도망치는 편이 낫지 않겠습니까?"

양화가 떨리는 목소리로 물었다.

설소령 역시 담천의 모습에 두려움을 느끼고 있었다.

둘씩이나 되는 권속을 일검에 해치우고, 화경을 넘어선 고수라 알려진 척위경, 그것도 마귀로 변한 그의 두 머리를 날려 버린 담천.

게다가 지금은 마귀의 기운까지 흡수하고 있었다.

검은 기류에 휩싸여 모습도 확인할 수 없는 터라 과연 담천이 인간인지조차 알 수 없는 상황이었다.

"지금 도망친다 해도 저자가 마음만 먹는다면 우리는 금세 붙잡히게 될 거예요."

설소령의 말이 맞았다.

화경 고수만 해도 그들로서는 감히 도망칠 엄두도 낼 수 없었다.

하물며 그런 화경 고수를 제압한 담천이라면 더 말해 무엇하랴.

"으음……."

조원들이 침중한 표정으로 침음성을 흘렸다.

쩌어어억!

그때, 암혼기의 꼬치가 깨져 나가며 빛이 번쩍였다.

묵기(墨氣)가 휘감고 있는 담천의 모습은 마치 암흑의 사자와 같이 으스스했다.

고치가 깨져 나갔음에도 번뜩이는 눈빛 외에는 암혼기에 가려져 아무것도 보이지 않았다.

몸 상태를 확인한 담천의 눈빛에 이채가 일었다.

무언가 달라진 것이 느껴졌다.

'혹시 삼 단계를 돌파한 것인가?'

하지만 삼 단계를 돌파했다면 암혼기를 몸 안에 갈무리할 수 있어야 했다.

'어쨌든 이전보다 강해진 것만은 분명하지!'

어차피 의문점이야 나중에 천혜린에게 물어보면 될 일이었다.

담천은 고개를 돌려 양화를 확인했다.

'다행히 아직 도망치지는 않았군.'

담천의 눈길이 자신들에게 향하자 양화와 조원들이 침을

꿀꺽 삼켰다.

"당신의 정체가 뭐죠? 우리의 적인가요?"

설소령이 날이 선 목소리로 물었다.

담천이 두렵기는 했으나, 그렇다고 물러서는 것은 그녀의 자존심이 허락하지 않았던 것이다.

슬쩍 설소령을 바라본 담천이 그녀를 무시한 채 양화에게 다가갔다.

무시를 당했다고 생각한 설소령이 입술을 깨물었다.

항상 사내들의 관심을 한 몸에 받던 그녀에게 이런 경험은 무척 생소한 것이었다.

마치 참을 수 없는 모욕이라도 당한 듯한 기분이었던 것이다.

'내가 왜!'

이것은 콧대 높은 대갓집 규방 아씨들이나 느끼는 사치스럽고 저속한 감정이었다.

예상치 못한 자신의 상태에 당황한 설소령이 고개를 절레절레 흔들었다.

하지만 그녀가 어떻게 느끼던 전혀 관심이 없는 담천은 양화 앞에서 걸음을 멈췄다.

놈을 보자 가슴속에서 잠자고 있던 분노가 다시 끓어올랐다.

죽어 가던 가족들, 아버지와 동생의 모습이 마치 눈앞에 있는 것처럼 머릿속에 떠올랐다.

"무, 무슨 짓을 하려는 것이오!"

온통 시커먼 기류에 둘러싸인 담천이 자신에게 오자 양화가 화들짝 놀라 뒤로 물러섰다.

"네 녀석은 나와 함께 가야겠다."

감정을 최대한 가라앉힌 담천의 말에 양화는 심장이 덜컥 내려앉았다.

"왜, 왜 이러시오! 나, 나는 댁과 아무런 은원도 없소! 사, 사람을 잘못 본 것이 부, 분명하오!"

양화로서는 사신과도 같은 담천에게서 어떻게 해서든 벗어나고 싶었다.

"나는 오직 양화에게만 볼일이 있을 뿐이다. 다른 이들은 갈 길을 가라."

담천이 조원들을 둘러보며 경고했다.

쓸데없이 심력을 낭비하고 싶지 않았던 것이다.

그와 동시에 신창양가의 무사들이 창을 세워 담천에게 겨눴다.

"공자님을 데려갈 수는 없다!"

용기는 가상했으나 담천은 그들의 장단에 맞춰 주고 싶은 마음이 전혀 없었다.

스걱!

"크악!"

담천의 신형이 사라진다 싶더니 갑자기 두 무사가 손목에서 피를 뿌리며 바닥에 주저앉았다.

놀랍게도 어느새 담천이 두 무사의 창을 잡은 손을 잘라버린 것이다.

누구도 담천의 움직임을 파악하지 못했다.

척위경의 기운까지 흡수한 담천의 능력은 어지간한 화경 고수를 능가하고 있었으니 당연한 일이었다.

"한 번만 더 내 앞을 막아서면 그땐 목을 칠 것이다."

담천이 싸늘한 목소리로 경고했다.

신창양가는 초씨세가의 멸문과 관련된 곳이다.

생각 같아서는 지금 당장 모두 쓸어버리고 싶은 심정이었다.

그러니 담천으로서는 놈들을 죽이지 않은 것만 해도 큰 자비를 베푼 셈인 것이다.

"손속이 독하군요."

그때 설소령이 앞으로 나섰다.

"난…… 두 번 말하지 않는다."

담천의 살기 어린 눈빛이 그녀를 향했다.

담천은 지금 몹시 기분이 좋지 않은 상태였다.

선기로 인해 많이 희석된 상황이긴 했으나 암혼기를 사용하면 항상 담천의 분노와 증오가 증폭된다.

게다가 양화까지 눈앞에 있는 상황.

설소령의 자존심을 받아 줄 만큼 마음이 넉넉한 상태가 아닌 것이다.

"그대의 선택이니 후회 마라."

담천이 막 검을 휘두르려고 하자, 검각의 두 고수가 재빨리 나서서 설소령을 붙잡아 말렸다.

"소검후, 물러서십시오! 우리의 목적은 본진에 놈들의 움직임을 알리는 것입니다! 지금은 감정에 치우칠 때가 아닙니다!"

담천의 눈빛을 마주한 설소령은 반쯤 얼이 빠진 상태로 아무 말도 하지 못했다.

진정한 죽음의 공포를 느낀 탓이었다.

"미안하오. 아직 어리신 분이라…… 우리는 그대의 행사에 관여치 않고 이대로 떠날 것이니 부디 용서해 주시오."

검각의 무사 중 나이가 많은 사내가 담천에게 정중히 사과했다.

그들로서는 다른 무엇보다도 소검후인 설소령의 안위가 최우선이었다.

적에게 머리를 숙이는 굴욕쯤은 얼마든지 감수할 수 있는 것이다.

담천이 고개를 끄덕이자 검각의 무사들이 얼른 설소령을 대리고 현장을 빠져나갔다.

이제 담천과 양화, 신창양가의 두 무사들만 남은 상황이었다.

담천의 시선이 다시 양화에게 향했다.

양화는 거의 공황상태에 빠져 있었다.

대체 무엇 때문에 무시무시한 담천이 자신을 노리는 것인지 도무지 알 수가 없었다.

"네놈에게 들을 것이 많다. 일단 조용한 곳으로 자리를 옮기도록 하자."

담천이 양화의 목덜미를 잡고 허공으로 날아올랐다.

☯

담천은 정찰대와 흑풍대가 쫓고 쫓기고 있는 지역을 멀리 벗어나 신형을 멈춰 세웠다.

쿠당탕!

담천이 양화를 한쪽 바닥에 내팽개쳤다.

혈도가 제압된 양화는 비명조차 지르지 못한 채 눈알만 이리저리 움직이며 담천의 눈치를 살폈다.

담천은 차가운 눈빛으로 양화를 바라보았다.

이번에야말로 진정한 원수를 찾아낼 수 있는 기회였다.

우선 자꾸만 솟구쳐 오르는 분노를 가라앉혔다.

정보를 알아내기도 전에 놈을 죽이기라도 하면 안 되기

때문이다.

담천이 아무것도 하지 않고 자신을 노려보기만 하자 양화는 더욱 속이 타들어 갔다.

시간이 흐를수록 두려움과 공포는 점점 더 커졌다.

"후우……."

호흡을 고른 담천이 천천히 입을 열었다.

"지금부터 내가 묻는 말에 한 점의 거짓도 없이 답하도록 해라. 머뭇거리거나 거짓말을 할 때마다 네놈의 살점을 한 점씩 발라낼 것이다."

담천의 살벌한 말에 양화가 마른침을 침을 꿀꺽 삼켰다.

촤아악!

속옷만 남기고 양화의 옷을 모두 찢어 버린 담천이 놈의 아혈을 풀었다.

"푸하! 사, 살려 주……."

말문이 열린 양화가 오들오들 떨며 담천에게 빌었다.

하지만 담천은 꿈쩍도 하지 않았다.

"초씨세가의 멸문을 사주한 자가 누구냐?"

갑작스러운 담천의 질문에 양화가 눈을 부릅떴다.

초씨세가의 사건은 이미 종결된 지 오래였다.

자신이 관계되어 있음을 아는 사람은 전혀 없었다.

한데 담천의 입에서 초씨세가의 멸문에 대한 이야기가 흘러나온 것이다.

스걱!

"크아아악!"

천령검이 가차 없이 움직여 양화의 어깨 살을 얇게 베어 냈다.

양화의 어깨는 순식간에 피투성이가 되었다.

"내 말이 믿기 힘든 않은 모양이지?"

담천이 차가운 눈빛으로 다시 천령검을 들어 올렸다.

"자, 잠깐! 난 아무것도 모…… 으아아악!"

양화의 말이 채 끝나기 전에 다시 한 번 천령검이 움직였다.

"네놈 정원에 숨겨진 석실에서 아이들을 죽였다는 사실을 이미 알고 있다. 거짓말을 할 생각은 버려라!"

살기 어린 담천의 목소리에 양화가 몸을 부르르 떨었다.

하지만 사실을 말할 수는 없었다.

그렇게 되면 자신은 그들에게 죽게 될 것이다.

게다가 가문 또한 무사치 않을 것이다.

미처 생각이 끝나기도 전에 담천의 손이 움직였다.

"크으윽!"

이번에는 옆구리 살이 한 움큼이나 떨어져 나갔다.

"사실 나는 네놈에게 지금 당장이라도 사실을 말하게 할 방법이 있다. 하지만 그것은 너무 쉽거든. 하니…… 제발 좀 오래 버텨다오. 내가 네 녀석을 좀 더 가지고 놀 수 있게 말이지."

명륜안의 섭혼술 능력을 사용하면 얼마든지 양화의 입을 열 수 있었다.

물론 섭혼술이 실패할 경우 한 시진 동안 암혼기를 사용할 수 없는 부작용이 있었으나, 이미 암혼기가 두 번째 단계를 넘어선 담천이기에 양화 정도라면 실패할 걱정을 하지 않아도 됐다.

하지만 놈이 초씨세가의 멸문에 관계된 이상 그토록 편안하게 놔두고 싶은 마음은 눈곱만큼도 없었다.

놈이 고통 속에서 울부짖고, 자신이 저지른 일에 대해 후회하고 용서를 빌도록 만들어야 했다.

물론 그렇게 된다 해도 담천은 양화를 용서할 생각은 추호에도 없었다.

결국…… 놈은 고통과 후회 속에 담천의 손에 죽게 될 것이다.

그런 담천의 속마음도 모른 채 양화는 머리를 굴렸다.

'만일 놈이 진정 내게 사실을 말하도록 할 능력이 있었다면 벌써 썼겠지. 그저 허세를 떠는 것뿐이야! 결국 사실을 말하기 전에는 날 죽이지 않을 거야. 오히려 사실을 말하면 나는 죽게 될 것이 분명해!'

이미 담천이 자신을 살려 두지 않으리라는 것을 양화도

직감적으로 느끼고 있었다.

양화가 생각하기에 자신이 생명을 연장할 수 있는 유일한 방법은 담천이 원하는 정보를 끝까지 이야기하지 않는 것뿐이었다.

담천이 진정 초씨세가 멸문에 대한 정보를 원한다면 자신을 죽이지는 못할 것이라 여긴 것이다.

게다가 양화에게는 말을 할 수 없는 절박한 이유가 있었다.

"크아악!"

다시 담천의 천령검이 움직이고 피가 튀었다.

"그래. 그게 바로 내가 원하는 거야. 부디 너무 빨리 포기하지는 마라."

담천의 얼굴에 잔인한 미소가 걸렸다.

반 각도 되지 않아 양화의 몸 십여 곳이 핏물로 뒤덮였다.

"끄으으으……"

지독한 고통에 양화는 눈을 뒤집어 깐 채 경련을 일으켰다.

하지만 의외로 상처들이 깊지 않아서, 보이는 것과는 달리 목숨을 잃을 정도의 몸 상태는 아니었다.

"진대치가 어떻게 죽었는지 들었겠지? 바로 내가 그렇게 만든 거야."

"끄으……. 제, 제발…… 마, 말할……."

양화가 더 이상은 버티기 힘들었던지 부들부들 떨리는 손을 들어 올리며 담천에게 애원했다.

사실 이 정도까지 버틴 것도 평상시의 양화를 생각한다면 대단한 일이었다.

"쯧쯧, 실망이군. 겨우 이 정도에서 포기를 하다니 말이야. 하지만 어떡하나? 나는 멈추고 싶은 생각이 전혀 없는데?"

이제 겨우 열두어 번 칼질을 했을 뿐이다.

아직 담천이 생각하는 수준의 반도 미치지 못했는데 인내심 없는 양화가 처음 각오와는 달리 너무 쉽게 손을 들고 만 것이다.

담천이 이를 드러내며 다시 천령검을 들어 올렸다.

"자, 잠깐! 제, 제발……. 마, 말할 테니……."

양화가 사색이 되어 다시 한 번 애원했다.

순간 담천의 손이 허공에서 멈췄다.

'그래, 일단 좀 더 멀쩡할 때 이야기를 들어 보는 것도 괜찮겠군. 어차피 이야기를 듣고 나머지는 계속하면 되니…….'

어차피 놈을 죽일 작정이었다.

물론 그전에 스스로 죽고 싶을 만큼 고통을 줄 예정이었다.

이야기를 먼저 듣는다 해도 그 순서만 바뀔 뿐인 것이다.

담천이 편안한 자세로 양화의 머리맡에 앉았다.

탁! 탁!

담천은 우선 양화의 혈도를 짚어 목 아래쪽을 마비시켰다.

혹시라도 놈이 극심한 고통 때문에 기절하는 것을 방지하기 위해서였다.

"나는 인내심이 그리 많지 않으니 어서 말하는 것이 좋을 거야."

담천이 싸늘한 목소리로 말하자 양화가 다급히 입을 열었다.

"나, 나는…… 어쩔 수 없이 그의 말을…… 따, 따랐을 뿐이오!"

담천의 눈이 빛났다.

"그가 누구지?"

"나, 나도 잘 모르오…… 항상 복면을 하고 있었기 때문에…… ."

양화가 처음 그자를 만난 것은 일 년 전 천일루라는 고급 기루에서였다.

천일루의 기녀들의 미모가 항주나 소주 기루들과 견주어

도 뒤지지 않을 만큼 출중하다는 소문을 들은 양화는 자주 어울리던 한량들과 함께 날을 잡아 그곳을 찾아갔다.

소문은 결코 과장되지 않아서 천일루의 기녀들은 하나같이 미모가 양귀비나 서시를 보는 듯 아름다웠고, 몸매 또한 양화의 정신을 쏙 빼놓을 정도로 출중했다.

저녁 내내 벌린 입이 다물어지지 않을 정도로 황홀한 술자리가 이어졌다.

술이 입으로 들어가는지 코로 들어가는지 모를 정도였다.

하지만 양화의 행복은 오래가지 않았다.

기녀들을 품에 끼고 희희락락 거리며 술을 마시던 그가 어느 순간 갑자기 정신을 잃고 말았다.

기절을 한 것인지 너무 취해서 기억이 나지 않는 것인지는 모르겠으나, 의식이 사라져 버린 것이다.

양화가 다시 눈을 뜬 곳은 사방이 막힌 열 평 남짓한 작은 석실 안이었다.

그는 의자에 묶여 있었고 그 앞에는 정체불명의 흑의 복면인이 앉아 있었다.

그자는 양화에게 환단 하나를 억지로 먹였고, 나중에 안 것이지만 그 환단 안에는 고(蠱)가 들어 있었다.

복면인은 양화가 자신의 말만 잘 따르면 고를 발동시키지 않을 뿐 아니라 무공 실력을 향상시켜 주겠다고

했다.

양화는 처음에는 복면인의 말을 믿지 않았다.

하지만 그의 말이 모두 사실이라는 것을 깨닫게 되는 데에는 별로 시간이 걸리지 않았다.

복면인이 알 수 없는 주문을 읊조린 순간 양화는 머리가 깨지는 듯한 고통을 느껴야 했다.

거의 실신지경에 이르러서야 고통은 멈췄다.

의지가 강한 편이 못 되는 양화는 결국 복면인의 말을 따를 수밖에 없었다.

사실, 양화가 담천의 고문에 버틸 수 있었던 이유도 그 때문이었다.

복면인에 대해 누설하게 되면 자신은 어차피 죽은 목숨이었기 때문이다.

게다가 복면인의 말에 의하면 그의 뒤에 신창양가 쯤은 단숨에 쓸어버릴 수 있는 거대한 세력이 버티고 있다고 했다.

만일, 양화가 자신을 따르지 않으면 양화뿐만 아니라 신창양가도 무사하지 못할 것이라 협박한 것이다.

복면인은 협박만 한 것이 아니었다.

그는 자신을 돕는 대가로 양화를 절정의 경지에 이를 수 있도록 해 주었다.

복면인이 준 검은 액체를 마시고 단숨에 절정을 넘어선

것이다.

그 일로 인해 양화는 복면인에게 더 충성하게 되었다.

어차피 복면인의 말을 따라야 되는 상황이니, 그로 인해 이득을 얻을 수 있다면 최대한 얻어내야겠다고 마음먹은 것이다.

게다가 처음 얼마 동안은 복면인이 그다지 어려운 일을 시키지도 않았다.

몇 개월 동안 양화가 한 일이라고는 한 달에 한 번씩 복면인을 만나 신창양가나 주변 상황을 보고하는 것이 전부였다.

그러던 중 그 일이 일어났다.

아이들을 납치한 것이다.

처음에는 양화도 주저할 수밖에 없었다.

아무리 자신이 살기 위해서라지만 아이를 납치한다는 것은 꺼려졌기 때문이다.

하지만 결국 양화는 죽음에 대한 공포에 굴복하고야 말았다.

"그래서, 살기 위해서 어쩔 수 없이 한 것이다? 아이들을 납치하고, 정기를 뽑아 죽이고, 초씨세가에 그 누명을 씌운 것 모두? 그러니 너는 잘못이 없다는 건가?"

담천이 차가운 목소리로 말했다.

"나, 나는…… 아이들을 죽이지 않았소! 아이들을 납치하고 죽인 것은 복면인이오……. 나, 나는 그저…… 아이들을 석실에 가두고 감시하는 일만 했을 뿐, 그 일을 통해 초씨세가를 노린 것도 모, 몰랐소이다!"

양화의 눈동자가 흔들렸다.

"그저 아이들을 가두고 감시했을 뿐이다? 후후후. 정말 웃기는군. 석실에 그려진 술법에 대해서 알고 있는 나에게 그런 거짓말을 한다? 넌 아이들이 어떻게 될지 알고 있으면서 모른 척했어."

담천이 싸늘한 미소를 지었다.

"그, 그것은!"

양화가 당황한 모습으로 머뭇거렸다.

당시의 상황이 떠올랐다.

아이들이 살려 달라며 울부짖던 모습이 아직도 눈에 선했다.

몇 번이고 지금이라도 아이들을 풀어 주고 모든 것을 끝내자고 생각했었지만 결국 양화는 모른 채 외면하는 것을 선택했다.

"크으윽! 나, 나는 그 술법이 어떤 것인지 전혀 알지 못했소!"

"하하하하, 그럼 그 술법이 아이들에게 아무런 해도 입히지 않을 것이라 생각했던 거냐? 아이들을 납치해 그런 비밀스런 술법을 수행하는 이유가 대체 뭐라고 생각했던 것이냐."

담천의 조소에 양화의 피투성이 얼굴이 일그러졌다.

"네놈의 사정 따윈 관심 없으니 쓸데없는 소리 말고 복면인에 대해서나 이야기하도록 해라!"

"저, 정말 모르오! 항상 복면을 쓰고 왔고, 자신에 대해서 아무것도 알려 주지 않았소!"

담천의 눈썹이 치켜 올라갔다.

"크아아악!"

천령검이 양화의 어깨를 꿰뚫었다.

"지금 내가 장난하는 것으로 보이느냐? 네놈의 모자란 머리를 최대한 굴려서 놈에 대한 것을 끄집어내란 말이다! 놈의 특징이나 말투, 행동거지, 만나던 장소!"

양화는 고통 속에서 복면인에 대한 기억을 쥐어짜냈다.

천령검이 이번에는 양화의 왼쪽 눈을 향해 움직였다.

"자, 잠깐! 새, 생각났소!"

검 끝이 양화의 눈동자 바로 앞에서 멈췄다.

"노, 놈의 손등에 화상 자국이 있었던 것 같소! 외, 왼손에!"

담천이 눈살을 찌푸렸다.

그것만으로는 별다른 도움이 되지 않았다.

"그, 그리고 그가 직접 찾아올 때를 빼고는 항상 천일루에서 만났소."

천일루가 어쩌면 놈들과 연관이 있을 수 있다는 이야기였다.

"그는 혼자 찾아왔나?"

"대부분은…… 하지만 가끔은 다른 사람을 보내기도 했소."

"누구지?"

담천의 눈에 이채가 일었다.

"하오문의 조문이라는 자였는데…… 의창 지부의 부 지부장이오."

'조문이라……'

담천의 눈빛이 깊어졌다.

또 하나의 연결고리인 것이다.

"이게 내가 알고 있는 저, 전부요! 모든 것을 말했으니 사, 살려 주시오!"

담천이 어이없는 얼굴로 양화를 바라보았다.

"내가 여기서 널 살려 주면 이대로 복면인에게 달려가 이 일을 모두 말할 것이 분명한데, 그럼 곤란하지."

그리되면 복면인이 꼬리를 감출 수도 있는 것이다.

간신히 찾은 실마리를 놓치게 되는 우를 범할 수는 없었다.

"아, 아니오! 절대 이야기하지 않을 거요! 어차피 내가 비밀을 실토한 것을 알면 복면인이 죽이려 할 것이 분명하오! 나, 나도 숨겨야 하는 입장이란 말이오!"

양화가 간절한 얼굴로 담천에게 애원했다.

"그렇다 해도 내가 아이들의 죽음과 관련이 된 네놈을 살려 둘 이윤 없지."

양화의 얼굴이 창백해졌다.

"자, 잠깐! 내가 복면인을 잡는 것을 도와주겠소. 분명 그에게 다시 연락이 올 것이오. 그때, 당신이 그를 잡도록 돕겠소!"

갑자기 생각난 듯 다급히 내뱉은 양화의 말에 담천의 눈동자가 빛났다.

미처 거기까지 생각하지 못했다.

'양화를 미끼로 복면인을 잡는다?'

상당히 괜찮은 생각이었다.

어차피 양화는 복면인의 꼭두각시에 불과했다.

어찌 보면 피해자라 할 수도 있는 것이다.

물론 아이들의 죽음을 방관하고 그들의 절규를 외면한 것은 용서받을 수 없는 일이다.

또한 양화의 사정이 어땠건 초씨세가의 멸문에 직, 간접적으로 연류된 것은 사실이었다.

하지만 놈을 통해 원수의 정체를 알아낼 수 있다면 이야기가 달라진다.

놈을 살려 둘 가치가 있는 것이다.

문제는 양화를 믿을 수 있느냐였다.

"널 어떻게 믿지?"

담천의 말에 희망을 발견한 양화가 다급히 말했다.

"아, 아까도 말했듯이 복면인에게 죽지 않으려면 이 사실을 숨길 수밖에 없소이다. 게다가 그자가 죽게 되면 나도 자유로워질 수 있소."

"네놈 몸속에 고는 어떻게 하고?"

"그, 그러니까……"

잠시 담천의 눈치를 보던 양화가 말을 이었다.

"다, 당신이 놈에게서 그 고의 해결법을 찾아 준다고 약속하면…… ."

담천은 기가 차서 말이 나오지 않았다.

이 상황에서 자신에게 조건을 제시하고 있는 것이다.

"지금 나에게 조건을 제시하는 것이냐?"

담천의 눈에서 살기가 피어오르자 양화가 다급히 말했다.

"오, 오해는 하지 마시오! 단지, 그래야 당신이 나를 더 믿을 수 있을 것 아니오? 내게도 움직일 동기가 생길 것이고…… ."

담천이 날카로운 눈빛으로 말끝을 흐리는 양화를 노려봤다.

차라리 여기서 죽여 버리고 천일루와 하오문을 조사할까 하는 생각이 떠올랐다.

하지만 만약 별다른 연관점을 찾지 못한다면.

만일 하오문은 아무것도 모르고 심부름만 한 것이고, 천일루는 그저 놈이 접선 장소로 사용한 것뿐이라면 아무것도 얻는 게 없게 되는 것이다.

게다가 못마땅하긴 했으나 자유를 얻게 되는 일은 놈에게 흑의인을 잡을 분명한 동기가 될 것이다.

"좋다. 네놈에게 기회를 주도록 하지. 흑의인을 잡는 미끼가 돼 준다면 네놈을 살려 주마. 단! 혹시라도 딴마음을 먹거나, 흑의인과 연결할 수 없게 되면 네놈은 진정한 지옥을 맛보게 될 거다."

담천이 진한 살기를 드러내며 말했다.

"그리고 한 가지 알려 주자면 무벌에는 내가 심어 놓은 이들이 제법 된다. 그들이 항상 네놈의 일거수일투족을 지켜볼 것이니 허튼 수작을 할 생각일랑 꿈에도 꾸지 말거라."

담천은 양화가 딴마음을 품지 못하도록 세력이 있는 듯 거짓말을 했다.

"바, 반드시 흑의인을 잡도록 돕겠소! 나도 꼭 그를 없애고 자유를 얻고 싶소!"

살았다는 마음 때문인지 양화가 고통도 잊은 채 크게 소리쳤다.

"일단 의창으로 돌아가면 내가 다시 널 찾아갈 것이다. 그때까지 흑의인을 만날 방법을 반드시 생각해 놓도록 해라."

다시 한 번 으름장을 놓은 담천이 양화의 혈도를 풀었다.

"크으으……."

혈도가 풀리자 온몸의 상처에서 몰려오는 고통에 양화가 몸을 부르르 떨었다.

"일단, 안전한 곳까지 데려다 주지."

혈천의 무리가 어느 곳에 있을지 모르는 상황이었다.

게다가 여기서 정도연합 진영까지는 한 시진은 족히 걸리는 거리였다.

지금 양화의 몸으로는 정도연합 진채에 도달하기도 전에 놈들에게 죽임을 당할 확률이 높았다.

담천이 양화를 들쳐 메고 정도연합 진영 쪽을 향해 몸을 날렸다.

그때였다.

'이것은!'

갑자기 왼쪽 가슴에서 뜨거운 열기가 느껴졌다.

'마귀가 왜 이곳에?'

양화를 심문하기 위해 정도연합을 향하는 방향과는 전혀

다른 곳으로 온 터였다.

한데 이곳까지 놈들이 나타난 것이다.

'아니면 혈천과 관계없는 놈인가?'

담천은 모른 척 지나갈 것인지 아니면 확인해 볼 것인지 잠시 고민했다.

양화를 안전한 곳까지 데리고 가는 것이 중요한 상황이었지만, 마귀를 잡을 기회를 놓치는 것도 아까웠다.

게다가 열기의 반응을 보아 척위경만큼이나 강한 존재임이 틀림없었다.

당연히 상당한 힘을 흡수할 수 있을 것이다.

어쩌면 이번 기회에 세 번째 단계를 넘어설 수 있을지도 모른다.

만일 초씨세가를 멸문시킨 마귀가 진마라면 놈과 상대하기 위해서는 반드시 세 번째 단계를 넘어설 필요가 있었다.

'하지만 지금은 양화를 살리는 것이 더 중요해.'

세 번째 단계도 중요하긴 했지만, 여기서 양화가 죽게 된다면 흉수를 찾기 위해 얼마나 더 많은 시간이 걸릴지 알 수 없었다.

결정을 내린 담천이 방향을 바꾸어 몸을 날리려 하는데, 갑자기 폭음과 함께 커다란 고함 소리가 들려왔다.

'이것은!'

분명 조장이었던 당욱의 목소리였다.

'그들이 마귀를 만난 것인가? 하지만 어째서 이곳에……
가만!'

담천의 얼굴이 굳었다.

해륜이 당욱과 당문의 무사들과 함께 움직였다는 사실이
기억났던 것이다.

원무라면 몰라도 해륜은 아직 척위경 정도의 마귀를 상
대할 실력이 안 된다.

담천은 잠시 갈등했다.

양화가 중요한 것은 분명한 사실이었으나, 그렇다고 해
륜을 죽도록 내버려 둘 수는 없었다.

해륜을 이번 정찰 임무에 끌어들인 것도 결국 담천이다.

만일 해륜이 무슨 일을 당하게 된다면 책임을 피할 수
없었다.

복수를 위해 냉정해지기로 마음먹은 담천이지만, 자신
때문에 다른 사람이 목숨을 잃는 것은 또 다른 문제였
다.

'제장!'

속으로 욕지기를 토해 낸 담천이 양화를 근처 풀숲에 내
려놨다.

"바로 돌아올 것이니 여기서 잠시만 기다리고 있거라.
아직 흑풍대가 돌아다니고 있으니 쓸데없이 경거망동하지

말고 최대한 기척을 죽이고 숨어 있도록 해라."

"나, 나 혼자 어떻게……!"

양화의 목소리를 뒤로한 채 담천이 소리가 들린 쪽을 향해 몸을 날렸다.

3장
혈마

"사, 살려 주세요! 흐흐흑!"

이제 겨우 열서너 살쯤 됐을까 싶은 어린 소녀 하나가 덜덜 떨며 울고 있다.

그 앞쪽에는 혈마가 예의 그 무표정한 얼굴로 어린 소녀를 물끄러미 바라보고 있었다.

혈마의 눈동자에 보일 듯 말 듯한 작고 붉은 점이 생겨나는 순간 소녀의 목 언저리에서 핏물이 튀었다.

피슉!

"아악!"

소녀의 목으로부터 핏물이 길고 가는 곡선을 그리며 혈마가 들고 있는 황금잔으로 빨려 들어왔다.

마치 붉은 뱀처럼 휘청대며 빨려 들어오는 핏줄기는 장
식이나 간단한 생필품들조차도 없는 하얀 막사 안의 풍경
과 대비되어 무척이나 기괴했다.

소녀는 이미 정신을 잃은 듯 눈을 뒤집어 깐 채 흐느적
거리고 있었다.

"응? 척위경이 죽었어?"

그때 소녀의 목에서 빨려 나오던 핏줄기가 멈추며 갑자
기 혈마의 회색 눈동자가 붉게 변했다.

그가 만들어 낸 마귀인 척위경과의 연결이 끊어졌기 때
문이다.

혈마의 입술에 옅은 미소가 걸렸다.

"재밌군."

척위경은 진마 중 가장 강력한 힘을 가진 자신이 직접
만든 마귀.

게다가 무공도 화경을 넘어섰다.

현 강호에서 본신을 드러낸 척위경을 쓰러뜨릴 수 있는
자가 과연 몇이나 된단 말인가.

은거 고수들까지 합한다 해도 서문광천과 정천맹주인 무
당의 운해를 비롯해 채 열 명도 되지 않을 것이다.

"서문광천이 직접 나섰을 리는 없고……."

혈마는 대체 누가 척위경을 죽였는지 궁금했다.

"재밌군, 재밌어! 큭큭큭, 어디 어떤 녀석인지 구경이나

가 볼까? 지금 그곳에 누가 있더라……. 그래, 마진 녀석
이 있었군."

미소가 점점 짙어지며 그의 눈 전체가 핏빛으로 변했다.

해륜과 당문의 무사들은 운이 없었다.

거의 백 명에 가까운 흑풍대가 그들이 움직이는 방향으
로 쫓아왔기 때문이다.

오십 장의 거리는 금세 좁혀지고, 놈들의 포위망을 뚫기
위해 악전고투를 벌여야 했다.

그나마 해륜이 환술을 써서 놈들의 추적을 분산시킨 덕
에 시간을 끌 수 있었으나, 사방에 깔린 흑풍대를 완전히
따돌릴 수는 없었다.

정신없이 놈들을 피해 이리저리 움직이다 보니 일행은
길조차 잃어버리고 말았다.

어떻게 해서든 정도연합에 놈들의 공격을 알려야겠다는
처음의 목적은 이미 사라진 지 오래였다.

당장에 목숨을 부지하는 것도 힘든 상황이었기 때문이
다.

그나마 놈들 중 반은 그대로 정도연합 진영을 향해 돌진
한 터라 쫓는 인원이 오십여 명 정도로 줄었다는 것이 위

안이라면 위안이었다.

하지만 결국 당욱과 해륜 일행은 흑풍대에게 포위되고 말았다.

"흥! 요리조리 용케도 도망 다니더니 드디어 잡았구나!"

툭 튀어나온 광대뼈에 날카로운 눈매를 가진 마인이 그들의 앞을 막아섰다.

흑풍대의 부대주 마진이었다.

마진의 뒤쪽으로 열 명이 넘는 마인들이 나타났다.

그뿐만이 아니었다.

해륜 일행이 도망쳐온 뒤쪽에서도 스물이 넘는 마인들이 나타나 사방을 포위했다.

더 이상 달아날 방도가 없는 것이다.

그나마 당욱과 해륜의 활약으로 놈들의 숫자를 줄인 것이 이 정도였다.

당욱의 얼굴이 어두워졌다.

"천사궁의 도사놈, 잘도 우리를 속였겠다? 도사놈은 사로잡고 나머지 놈은 다 죽여라!"

천사궁의 도사라면 마귀들에게는 가장 중요한 적이었다.

사로잡아 놈의 동료들과 천사궁의 위치에 대한 정보를 얻어 낸다면 일망타진할 수 있는 기회인 것이다.

마진의 명이 떨어지자마자 서른이 넘는 마인들이 일행을 향해 달려들었다.

당욱과 당문의 무사들은 이미 기진맥진한 상태였다.

암기와 독도 모두 써 버린데다가 공력도 바닥을 치고 있었다.

가장 먼저 쓰러진 것은 무공이 제일 떨어지는 당요였다.

간신히 버티던 당요가 허벅지에 일도를 허용하고만 것이다.

"크윽!"

신음 소리와 함께 당요의 신형이 한쪽으로 기울었다.

그 틈을 놓치지 않고 또 다른 마인이 당요의 목을 노렸다.

부우웅!

흑풍대의 상징인 거치도가 당요의 목을 노리고 크게 호선을 그렸다.

"안 돼!"

당요의 위기를 본 당욱과 당소가 급히 구하려 했으나 그들도 이미 힘을 소진한 상태인지라 역부족이었다.

오히려 무리해서 몸을 날린 빈틈을 놓치지 않고 흑풍대원들이 득달같이 달려들었다.

"크악!"

자신의 몸을 돌보지 않고 몸을 날리던 당소의 가슴을 흑풍대원 중 하나의 거치도가 사정없이 꿰뚫었다.

톱날이 이미 몸 안의 장기들을 갈가리 찢어 버린 상태라

회생 불능의 상처였다.

픽! 퍼억! 퍼퍽!

그 틈을 놓치지 않고 마인들이 당소를 난도질했다.

"이놈들!"

"제 옆에 붙으십시오!"

해륜이 분노에 차 뛰쳐나가려는 당욱을 말렸다.

"화벽(火壁)!"

동시에 해륜이 화염벽을 만들어 당욱과 자신을 둘러쌌
다.

네 명을 보호하기엔 무리였으나 두 사람은 충분히 감쌀
정도의 크기였다.

당요와 당소의 죽음을 눈앞에서 목격한 당욱이 이를 악
문 채 피눈물을 흘렸다.

해륜이 공격과 도주를 포기한 채 방어에 모든 것을 집중
하자 마인들도 쉽게 뚫지 못했다.

하지만 해륜의 도력에도 한계는 있었다.

화벽을 유지할 수 있는 시간은 기껏해야 이각 정도.

마진은 그나마도 기다려 주지 않았다.

"비켜라!"

마인들이 해륜의 화벽을 뚫지 못하자 마진이 직접 나선
것이다.

우두둑!

마진의 몸이 변하기 시작했다.

온몸에 비늘이 돋고 눈은 노랗게 물들었다.

일 장이 넘어가는 키와 이마와 양옆으로 돋아난 세 개의 뿔이 마치 한 마리 거대한 황소를 보는 듯했다.

"이놈! 마귀로구나!"

당욱이 일그러진 얼굴로 말했다.

이미 의창에서의 사건들로 인해 권속과 마귀의 무서움을 잘 알고 있는 그였다.

그나마 실낱같던 희망마저 사라진 것이다.

우우우웅!

변신을 마친 마진의 몸 주위로 아이 머리통만 한 다섯 개의 노란색 구체가 생겨났다.

"어디 이것도 한 번 막아 보거라!"

슈우우웅!

마진이 손목을 까닥이자 한 개의 구가 섬전 같은 속도로 해륜이 만들어 낸 화염벽을 때렸다.

콰아아앙!

노란색 구에 직격당한 화염벽이 크게 흔들렸다.

해륜의 안색이 창백해졌다.

구체의 위력은 생각했던 것보다도 훨씬 강력했다.

단 한 번의 충돌로 화염벽이 거의 뚫릴 뻔한 것이다.

만일, 다섯 개의 구체가 동시에 날아온다면 버텨 낼 방법이 없었다.

"크크크, 이제 놀이는 끝내도록 하자."

슈슈슈슝!

날카로운 이빨을 드러내며 조소를 날린 마진이 해륜을 향해 다섯 개의 구체를 한꺼번에 날렸다.

이를 악문 해륜이 다시 한 번 더 부적을 꺼내어 허공에 던지며 진언을 외쳤다.

"풍벽(風壁)!"

두 가지 술법을 동시에 사용하는 것은 아직 해륜에게는 무리였으나, 지금은 선택의 여지가 없었던 것이다.

후우우우웅!

바람이 화염벽의 바깥쪽을 둘러쌈과 동시에 다섯 개의 구체가 날아와 부딪혔다.

콰아아앙!

굉음과 함께 강력한 폭발이 일어났다.

동시에 풍벽과 화벽은 산산조각이 나 사라져 버렸다.

"크으윽!"

해륜의 입술 사이로 한 줄기 핏물이 흘러내렸다.

무리해서 술법을 펼친 부작용으로 내상을 입은 것이다.

"크하하하하! 이제 더 부릴 재주가 없는 것이냐?"

마진이 여유 있는 모습으로 팔짱을 낀 채 당욱과 해륜을 바라봤다.

그가 원하면 언제든지 두 사람을 끝장낼 수 있다는 자신감의 발로였다.

당욱의 얼굴에 비장한 각오가 어렸다.

어차피 살아서 빠져나가기는 불가능한 상황이었다.

이렇게 된 이상 마인들을 한 놈이라도 더 죽이고 죽어야겠다 마음먹은 것이다.

당욱이 소매춤에 있는 작은 원통을 어루만졌다.

이 원통이야 말로 당문의 무사들이 죽음을 피할 수 없는 최후의 순간에 적과 동귀어진 하기 위해 사용하는 암기 무영만화폭침(無影萬花爆針)이었다.

원통 안에는 보이지 않을 정도로 가는 수많은 세침들이 들어 있어서 암기가 발동됨과 동시에 사방으로 터져 나간다.

그 범위도 범위지만 세침에 발라진 무영지독이야말로 무영만화폭침의 가장 무서운 점이었다.

수천, 수만에 달하는 세침 중 하나만 스쳐도 목숨을 잃게 되는 것이다.

단, 이 암기를 발출시키기 위해서는 최소한 일 갑자의 공력을 가지고 있어야 했고, 암기가 터져 나가며 무형지독이 시전자에게도 영향을 주기 때문에 암기를 작동시킨 사람 역시 목숨을 걸어야 했다.

"이럴 줄 알았으면 자네 혼자 도망치는 편이 나았을 것을, 괜히 우리를 돕다가 자네까지 위험에 빠지고 말았군……."

당욱이 착잡한 얼굴로 해륜을 돌아봤다.

해륜 혼자였다면 술법을 이용해 얼마든지 흑풍대의 손에서 벗어날 수 있었을 것이다.

당문의 무사들을 돕느라 결국 여기까지 오고 만 것이다.

"그게 무슨 말씀이십니까."

심상치 않은 분위기를 느낀 해륜이 반발했으나, 당욱은 그저 씁쓸한 미소를 지은 채 얼마 남지 않은 공력을 모두 끌어 올렸다.

"지금부터 거기서 절대 움직이지 말게."

해륜에게 당부를 한 당욱이 등을 돌린 채 앞으로 나섰다.

무영만화폭침으로부터 영향을 받지 않는 장소는 시전자의 뒤쪽뿐이었기 때문이다.

자신은 죽게 되겠지만, 무영만화폭침이 흑풍대를 얼마나 줄일 수 있느냐에 따라 해륜은 이곳을 벗어날 수 있을지도 몰랐다.

"나는 당문오성 중 둘째 당욱이라 한다! 저승길을 함께 하고 싶은 놈들은 얼마든지 덤비거라!"

크게 소리친 당욱이 그대로 흑풍대원들 속으로 돌진했다.

최대한 놈들을 끌어들인 후 터뜨려야 효과를 극대화할
수 있었기 때문이다.

"크윽! 이런!"

해륜이 말리려 했으나 이미 늦은 상황이었다.

게다가 지금 상황에서 당욱을 말리는 것이 무슨 의미가
있으랴.

"마지막 발악이로구나!"

"큭큭큭!"

흑풍대원들이 살기를 뿜어내며 당욱에게 달려들었다.

'지금!'

당욱이 무영만화폭침에 자신의 모든 진기를 불어넣었다.

"이런!"

무언가 심상치 않음을 느낀 마진이 급히 구체를 쏘아 냈
으나 이미 늦은 뒤였다.

콰아앙!

폭음과 함께 당욱을 중심으로 사방으로 세침이 터져 나
갔다.

"크아악!"

"커헉!"

무려 열여섯 명의 흑풍대원이 미처 피하지 못하고 세침
세례를 받았다.

콰앙!

동시에 마진이 날린 구체가 당욱의 머리를 터뜨려 버렸다.

머리를 잃은 당욱의 육신이 천천히 바닥으로 허물어졌다.

"빌어먹을!"

마진의 괴물 같은 얼굴이 일그러졌다.

무형지독으로 인해 세침에 직격당한 열여섯 흑풍대원의 육신이 한 줌 핏물로 녹아내리고 있었다.

전혀 예상치 못한 피해였다.

암기와 독을 모두 사용했다고 여겼는데, 마지막 한 수가 남아 있었던 것이다.

해륜은 멍한 얼굴로 이제는 녹아 버린 당욱의 시신이 있던 자리를 바라봤다.

이제 자신 혼자만 남은 것이다.

"도사놈을 잡아라! 목숨만 살려 두면 된다! 우선 팔다리를 부러뜨려서 내 앞에 꿇려라!"

마진의 분노가 해륜에게 향했다.

명을 받은 흑풍대원들이 광기 어린 눈으로 해륜에게 다가왔다.

그제야 정신을 차린 해륜이 달아나려 몸을 돌렸으나, 이미 뒤쪽도 흑풍대원들에 의해 포위당한 상태였다.

해륜의 눈에 절망이 어렸다.

"제발 죽여 달라고 애원하도록 만들어 주마, 크크크!"

가장 선두에 선 흑풍대원이 희번덕거리는 눈으로 거치도를 치켜들었다.

'놈들에게 사로잡히느니 차라리 자결하리라.'

해륜이 스스로 혀를 깨물고 자결하려 마음먹은 순간이었다.

피슛!

퍼억!

파공음과 함께 해륜을 향해 도를 들어 올린 흑풍대원의 머리에서 피가 솟구쳤다.

"누구냐!"

놀란 마인들의 시선이 공격이 날아온 곳으로 향했다.

"엇!"

"웬 놈이냐!"

어느새 그곳에는 온몸이 암혼기에 둘러싸인 담천이 모습을 드러내고 있었다.

담천이 급한 대로 암혼기를 불어넣은 돌을 던져 마인의 머리를 맞춘 것이다.

"다, 당신은……!"

갑작스런 담천의 등장에 해륜이 반쯤 넋이 나간 얼굴로 말을 잇지 못했다.

이제 모든 게 끝이라고 생각했는데, 설마 담천이 자신을 구해 주러 오리라고는 전혀 생각지 못했던 것이다.

힐끗 해륜을 살핀 담천이 그대로 몸을 날렸다.

스슥!

담천의 신형이 유령처럼 잔상을 남긴 채 사라졌다.

"조심해라!"

마진이 놀라 소리쳤다.

그 조차도 담천의 움직임을 확실히 잡지 못한 것이다.

"커헉!"

"크악!"

비명 소리가 나는 곳을 향해 고개를 돌린 마진의 표정이 일그러졌다.

해륜을 둘러쌌던 세 흑풍대원의 목이 육신과 분리된 채 허공으로 떠오르고 있었던 것이다.

담천은 어느새 해륜의 앞을 막아서고 있었다.

"나머지 사람들은?"

조원들의 안위를 묻던 담천이 눈살을 찌푸렸다.

한쪽에 쓰러져 있는 당요와 당소의 시신을 확인했기 때문이다.

"조장은?"

해륜이 눈물이 그렁그렁한 눈으로 고개를 절레절레 흔들었다.

담천은 무심한 표정으로 흑풍대에게로 시선을 돌렸다.

어차피 죽은 사람은 죽은 사람이었다.

지금 중요한 것은 빠른 시간 안에 놈들을 해치우고 이곳을 빠져나가는 것이다.

물론, 이렇게 된 이상 마진의 힘도 자신의 것으로 만들어야 했다.

담천은 우선 명륜안을 사용해 놈들을 살폈다.

이미 본신을 드러낸 마진 외에도 세 명의 권속이 더 있었다.

열네 명의 마인들을 합친다 해도 지금의 담천이라면 어렵지 않게 상대할 수 있는 전력이었다.

"내가 마진을 죽일 동안 버틸 수 있겠나?"

담천이 해륜에게 물었다.

해륜이 고개를 끄덕였다.

무리해서 술법을 사용한 여파로 내기가 많이 흐트러진 상태였지만, 아직 방어부(防禦符)들을 사용할 정도의 내력은 남아 있었다.

권속들의 공격 정도는 화벽이나 풍벽을 사용해서 얼마간 버틸 수 있을 것 같았다.

"이 쳐 죽일 놈! 기습으로 이득을 봤다고 기고만장하구나!"

자신을 아랑곳하지 않는 담천의 모습에 마진이 이를 드러내며 으르렁댔다.

하지만 쉽게 달려들지는 못했다.

한편으로는 담천이 자신보다 강하다는 것을 본능적으로 느끼고 있었기 때문이다.

오히려 담천이 먼저 움직였다.

천령검이 마진의 목을 노리고 쏘아졌다.

마치 갑자기 검이 주욱 늘어난 것처럼 어느새 천령검은 마진의 목에 다다라 있었다.

눈을 부릅뜬 마진이 급히 고개를 꺾었다.

파앗!

간발의 차로 천령검이 마진의 어깨를 찌르며 피가 튀었다.

"이익!"

마진이 그대로 도를 횡으로 베었다.

길이가 일 장이 넘는 핏빛 거치도가 담천의 허리를 반으로 쪼갰다.

하지만 반으로 잘린 담천의 신형은 곧 신기루처럼 사라져 버렸다.

마진의 도는 담천의 잔상만을 벤 것이다.

슈악!

"흐읍!"

도에 걸리는 것이 아무것도 없음을 느낀 마진이 다급히 뒤쪽으로 물러섰다.

번쩍!

섬광과 함께 마진의 앞가슴에 길게 혈선이 생겨났다.

어느새 허공으로 뛰어오른 담천이 풍운십이검의 제 오 초 일섬단일(一閃斷日)을 펼친 것이다.

만일 뒤로 물러서지 않았다면 마진의 육신은 이미 세로로 양단되었을 것이다.

담천은 틈을 주지 않고 회선탄류(回線彈流)를 펼쳤다.

"하압!"

위기를 느낀 마진이 기합성과 함께 다섯 개의 구체를 만들어 냈다.

콰아아아앙!

폭음과 함께 마진이 뒤로 주춤주춤 물러났다.

갑작스럽게 만들어 낸 구체인지라 본래의 위력에 한참 미치지 못했던 것이다.

하지만 담천의 검을 막아 내며 잠깐의 시간을 벌 수 있었다.

마진에게는 숨통을 트여 주는 황금 같은 기회였다.

"이익!"

이를 악문 마진이 다시 한 번 다섯 개의 구체를 만들어 냈다.

담천은 어느새 다시 검을 뺐고 있었다.

"우와앗!"

온몸의 기운을 쥐어짜 낸 마진이 구체를 담천을 향해 날렸다.

우우우웅!

동시에 천령검 주위로 암혼기가 소용돌이치기 시작했다.

풍운십이검 제 칠 초 삭풍소월(朔風消月)이었다.

슈우우욱!

빠른 속도로 날아간 다섯 개의 구가 암혼기의 소용돌이와 부딪혔다.

콰아아아앙!

어마어마한 충격파에 해륜과 흑풍대원들도 싸움을 멈춘 채 몸을 피했다.

마진 역시 뒤로 다섯 걸음이나 물러서서 불안한 표정으로 폭발이 일어난 곳을 바라보고 있었다.

짙은 흙먼지로 인해 담천의 상태를 알 수가 없었기 때문이다.

그는 제발 담천이 폭발에 휘말려 큰 상처를 입었기를 기원했다.

하지만 마진의 바람은 여지없이 무너졌다.

흙먼지 속을 뚫고 세 개의 검광이 섬전처럼 마진에게 쏘아져 왔다.

풍운십이검 제 육 초 천월삼추(穿月三錐)가 모습을 드러낸 것이다.

마진의 안색이 창백하게 굳었다.

속도도 속도였지만, 세 군데를 동시에 공격해 오는 터라 막거나 피하기가 쉽지 않았던 것이다.

퍼퍼퍽!

"크아악!"

결국, 마진은 모두 피해 내지 못하고 가슴과 배에 담천의 검을 허용하고 말았다.

가슴과 배에 뚫린 주먹만 한 구멍으로 피를 뿜어내며 마진이 바닥에 쓰러졌다.

천령검을 통해 흘러 들어간 선기가 마진의 몸 안을 헤집어 놓았다.

"이놈!"

마진이 쓰러지자 두 권속과 흑풍대원들이 담천을 향해 달려들었다.

마진에게 마지막 일격을 날리려던 담천이 흑풍대원들을 향해 돌아섰다.

어차피 모두 죽여야 할 놈들이었다.

천령검에서 암혼기가 일 장이나 솟아올랐다.

이미 중급 마귀들도 쉽게 상대하는 담천에게 권속들은 불을 향해 달려드는 불나방이나 마찬가지였다.

쉬이이익!

천령검이 긴 호선을 그리며 궤적 안에 위치한 모든 것을 반으로 갈랐다.

스걱!

"커억!"

"크악!"

가장 앞쪽에서 달려오던 흑풍대원 셋이 도와 함께 잘려
나갔다.

하지만 마인들답게 물러서지 않고 나머지 흑풍대원들은
돌격을 멈추지 않았다.

담천으로서는 오히려 수고를 덜어 주는 일이었다.

천령검이 움직일 때마다 두세 명씩 흑풍대의 목이 달아
났다.

열두 명의 흑풍대원이 모두 죽고 두 권속만 남을 때까지
담천의 몸엔 상처 하나 없었다.

해륜은 한쪽에서 어안이 벙벙한 표정으로 담천의 놀라운
신위를 지켜보고 있었다.

곽진을 상대할 때 이후로는 담천의 실력을 처음 접하는
터라 그 놀라움은 더욱 컸다.

그동안의 짧은 기간을 생각한다면 담천의 발전 속도는
그야말로 경악할 만한 것이었다.

"크으으……"

일그러진 얼굴로 노려보는 두 권속을 향해 담천이 천천

히 걸음을 옮겼다.

"으아아아아!"

퍼퍽!

마지막이라는 것을 느낀 듯 두 권속이 도를 치켜들고 담천을 향해 달려들었으나 결국 담천의 일검에 둘 다 목이 달아나고 말았다.

두 권속의 기운을 흡수한 담천이 마진에게 향했다.

마진은 아직도 일어서지 못한 채 바닥에 쓰러져 있었다.

마귀들의 재생력을 막는 암혼기와 천령검, 거기다 선기까지 더해졌으니 당연한 결과였다.

마진은 아무 말도 하지 않고 담천을 지긋이 노려봤다.

담천은 마진을 끝내기 위해 천령검을 들어 올렸다.

그때였다.

갑자기 마진이 번개처럼 일어서 담천의 명치에 주먹을 꽂아 넣었다.

퍼억!

워낙에 갑작스러운 공격이었기에 담천은 속수무책으로 일격을 당하고 말았다.

"크윽!"

마진의 주먹에 맞은 담천의 신형이 뒤로 튕겨 날아갔다.

쾅! 쾅! 쾅!

보통 사람 몸통만 한 마진의 주먹이었다.

무려 세 개의 나무를 부러뜨리며 담천의 육신이 바닥에 처박혔다.

단 일격에 갈비뼈가 다섯 대나 부러질 정도로 강력한 일격.

"앗!"

놀란 해륜이 외마디 비명을 질렀다.

방금 전까지 마진과 흑풍대를 압도하던 담천이기에 이런 일이 벌어지리라고는 전혀 예상치 못한 것이다.

"재밌군. 권속의 기운을 흡수하다니."

담천에게 주먹을 날린 마진이 만면에 미소를 띤 채 천천히 움직였다.

어느새 그의 얼굴은 인간의 모습으로 돌아와 있었다.

복부와 가슴에는 여전히 주먹만 한 구멍이 뚫린 채였다.

하지만 그는 아무런 고통도 느끼지 못하는 듯 행동이 너무도 자연스러웠다.

"천사궁의 도사도 아니고, 수불도의 땡중도 아닌데, 그 이상한 기운은 뭐지? 게다가, 어째서 이 상처는 치유가 안 되는 것이지? 네 녀석의 정체가 무척 궁금하구나?"

마진은 호기심이 가득한 눈으로 담천을 향해 다가갔다.

"크으윽……."

담천이 이를 악물고 일어섰다.

부러진 갈비뼈들이 폐와 심장을 건드리고 있어서 극심한

고통이 밀려왔다.

불사의 육신 덕에 상처가 조금씩 치유되고 있었으나, 워낙에 큰 부상이었기에 시간이 필요했다.

하지만 마진이 담천이 치유될 때까지 기다려 줄 리가 없었다.

"호오…… 그 상처로 일어서다니, 놀라운 치유 속도로 군. 설마 인간이 아닌 것인가?"

담천은 마진의 태도에서 무언가 이상함을 느꼈다.

거칠고 광기 어린 모습은 온데간데없고 마치 전혀 다른 사람처럼 느껴졌기 때문이다.

게다가 방금 전 보여 준 일격에 실린 기운은 놈의 것이라고 하기엔 너무나도 강력했다.

만일 마진이 원래부터 이 정도의 기운을 가지고 있었다면 담천의 검에 상처를 입고 쓰러질 필요도 없었을 것이다.

"아! 내 소개가 늦었군? 나는 혈천의 주인이자 모든 마(魔)의 근원인 혈마라 하지. 이야기는 많이 들었겠지?"

마진의 입가에 장난기 어린 미소가 걸렸다.

"혈마?!"

담천과 해륜의 얼굴이 딱딱하게 굳었다.

현재 강호에서 가장 강한 두 사람 중 하나이며, 진마 중에서도 가장 강력한 힘을 가진 존재가 바로 자신들 앞에 나타난 것이다.

"아, 정확히 말하면 빙의(憑依) 비슷한 것이라고 할 수 있지. 사실 척위경이 갑자기 죽었길래, 어느 놈의 짓인지 확인해 보려 온 것인데, 마침 네놈들이 있는 곳에 도착하다니…… 참으로 재밌지 않느냐?"

'빙의?'

담천의 미간에 주름이 잡혔다.

아마도 놈은 특수한 술법을 이용해 마진의 몸으로 들어온 듯했다.

사실, 혈마가 마진의 몸으로 들어온 것은 담천이 두 권속을 상대하고 있을 때였다.

마진의 몸에 들어온 뒤 우선 담천의 모습을 조금 더 관찰하다 기회를 노려 일격을 날린 것이다.

"천사궁의 도사는 도력이 그리 높지는 않으니 척위경을 죽인 것은 네놈이겠군?"

혈마의 눈빛에 잠시 살기가 일었다 사라졌다.

"그래도 재밌는 놀잇감이니 쉽게 죽일 수는 없지. 어디 한 번 네놈의 정체를 확인해 볼까?"

순간, 혈마의 몸에서 피처럼 붉은 실들이 수를 헤아릴 수 없을 정도로 뻗어 나왔다.

츠아아아악!

혈마가 오른손을 뻗자 붉은 실들은 마치 살아 있는 것처럼 담천을 향해 서서히 다가갔다.

담천은 급히 암혼기를 끌어 올렸다.

후우우웅!

"내력이 어느 정도 회복됐으니 저도 돕겠습니다!"

심상치 않음을 느낀 해륜이 다섯 장의 부적에 피를 묻혀 허공에 던졌다.

다섯 장의 부적은 커다란 불의 고리를 그리며 마진의 모습을 한 혈마를 향해 날아갔다.

"흥, 귀찮군. 네 녀석은 나중에 상대해 줄 터이니 쓰러져 있거라!"

번쩍!

혈마의 눈에서 섬광이 인다 싶은 순간, 불의 고리가 허공에서 허무하게 흩어져 버렸다.

동시에 핏빛 실 한 줄기가 섬전처럼 해륜을 향해 쏘아졌다.

파앗!

"아악!"

미처 피할 사이도 없이 혈선에 복부를 관통당한 해륜이 피를 뿌리며 쓰러졌다.

"해륜!"

담천이 깜짝 놀라 달려가려 했으나 어느새 혈마가 쏘아낸 핏빛 실들이 담천을 둘러싸고 있었다.

"젠장!"

마치 진흙탕에 빠진 것처럼 실들이 움직임을 방해했다.

우우우우웅!

부상의 여파로 암혼기도 오 할 정도밖에 사용하지 못하는 상황이었다.

그때, 핏빛 실들이 갑자기 꼿꼿이 일어서더니 암혼기로 둘러싸인 담천의 몸을 향해 돌진했다.

파파파파파팟!

"크으윽!"

담천이 최대한 암혼기을 끌어 올려 핏빛 실들을 막았으나, 부상의 여파가 너무도 뼈아팠다.

게다가 핏빛 실들을 막아 내느라 무리를 하는 통에 치유가 더욱 더디게 진행되고 있었다.

결국, 핏빛 실들이 순식간에 암혼기를 뚫고 담천의 몸에 꽂혔다.

"커억!"

수천 가닥의 핏빛 실이 생살을 파고들며 극심한 통증이 담천을 덮쳤다.

마치 온몸이 갈기갈기 찢겨 나가는 듯한 고통이 머리를 하얗게 만들었다.

번쩍!

순간 혈마의 눈에서 다시 한 번 섬광이 터져 나왔다.

츠츠츠츠츠츠!

동시에 핏빛 실들이 진동하며 정체불명의 기운이 담천의
몸속으로 파고 들어왔다.

"제법 대단하군, 그런 부상을 입고도 나의 힘을 이 정도
로 버텨 내다니."

혈마가 담천에게 감탄했다.

물론 직접 현신한 것이 아니기에 모든 힘을 발휘할 수는
없는 상황이었지만, 그래도 오 할 이상의 힘을 버텨 낸 것
은 대단한 일이었다.

만일, 담천이 온전한 상태였다면 제법 고전했을 것이다.

혈마가 더욱 기운을 끌어 올렸다.

지이이이잉!

대기가 진동하며 주변의 수풀이 폭풍이라도 온 듯 세차
게 흔들렸다.

"크으으으!"

실들을 타고 엄청난 양의 기운이 담천의 몸속으로 파고
들었다.

실들에 꿰인 담천의 육신이 경련을 일으켰다.

"응?"

혈마의 눈에 이채가 일었다.

"육신에 혼이 없다?"

담천의 육신에는 혼(魂)이 없고 오직 백(魄)만이 존재했

던 것이다.

"호오, 게다가 백도 원래의 몸의 주인이 아니구나! 이거 네놈의 정체가 더욱 궁금해지는구나."

혈마가 한층 더 기운을 끌어 올렸다.

구구구구구!

주변으로 기류가 회오리치며 기의 폭풍이 생겨났다.

"크아아악!"

마치 머릿속을 긁어내는 듯한 고통이 담천을 관통했다.

[다른 이에게 정체를 들키게 되면, 일각 안에 혼백이 흩어지게 된다!]

혼주의 경고가 떠올랐다.

만일, 혈마가 이대로 자신의 정체를 알아내게 된다면 담천은 소멸하고 말 것이다.

죽음이야 이미 각오한 일이지만, 그렇게 되면 더 이상 복수를 할 수 없다.

이제 거의 원수의 정체에 다가간 상황이었다.

결코, 이대로 무너질 수는 없었다.

"으아아아!"

순간, 암혼기와 섞이지 못하고 남은, 담천의 몸 안에 숨어 있던 선기가 움직였다.

우우우우웅!

선기가 혈마가 주입한 기운들과 부딪혔다.

쿠우웅!

담천의 몸속 수십, 수백 곳에서 작은 폭발들이 일어났다.

"끄으으으……!"

온몸이 터져 나가는 듯한 고통이 담천의 육신을 난자했다.

동시에 혈마가 쏘아 낸 기운들이 선기에 하나 둘 씩 부서져 나갔다.

"뭐지!"

갑작스러운 현상에 혈마가 눈을 부릅뜬 채 기운을 끌어올렸다.

"선기? 대체, 놈의 몸에 왜 선기가?"

분명 선기였다.

하지만 아무리 선기라 해도 혈마의 기운을 이토록 쉽게 사라지게 할 수는 없었다.

물론 본신이라면 달랐겠지만, 그것을 감안하더라도 이해할 수 없는 일이었다.

그때 담천의 몸 안에서 일어난 선기가 핏빛 실들을 타고 혈마가 차지하고 있는 마진의 몸으로 역류해 왔다.

"이, 이럴 수가!"

드드드드드!

선기가 마진의 육신을 휘저으며 혈마의 혼이 조금씩 밀

려나기 시작했다.

쩌어어엉!

어느 순간 대기가 찢어져 나가는 파열음이 터져 나오며, 마진의 육신이 천천히 무너져 내렸다.

혈마의 혼이 역소환당한 것이다.

어느새, 핏빛 실들도 모두 사라져 버린 뒤였다.

"크윽!"

담천이 그대로 바닥에 주저앉았다.

몸의 상태가 말이 아니었다.

온몸에 수천 개의 구멍이 뚫린 대다, 처음 혈마의 일격으로 부러진 갈비뼈도 아직 그대로였다.

담천은 일단 주변을 살폈다.

혈마의 공격에 당한 해륜은 바닥에 쓰러진 채 기절해 있었다.

피를 너무 많이 흘린 상태였다.

당장에 지혈하지 않는다면 자칫 목숨이 위험할 수도 있었다.

하지만 자신의 몸조차 제대로 가눌 수 없는 지금으로서는 쉽지 않은 일이었다.

'가만······.'

담천의 눈에 마진의 시신이 잡혔다.

그동안 경험으로 보아 놈의 기운을 빨아들인다면, 지금

상처가 단숨에 회복될 확률이 높았다.

그렇다면 해륜을 지혈한 후 안전한 곳으로 옮길 수 있을 것이다.

마진의 시신과 담천 사이의 거리는 다섯 장 정도밖에 되지 않았다.

어쩌면 이 상태에서도 문양을 가린 천만 제거하면, 놈의 기운을 흡수할 수 있을지도 몰랐다.

담천은 덜덜 떨리는 손을 움직여 왼쪽 가슴을 덮은 비단천을 끌어내렸다.

슈우우우우욱!

동시에 마진의 몸에서 노란 기운이 빠져나와 문양으로 빨려 들어갔다.

다행히도 담천의 예상이 적중한 것이다.

콰콰콰콰콰!

노도와 같은 기운이 담천의 몸으로 흡수되어 암혼기와 섞였다.

암혼기와 마진의 기운이 담천을 둘러싸 기(氣)의 고치를 만들었다.

번쩍!

잠시 후 섬광과 함께 고치가 깨어지며 담천이 모습을 드러냈다.

어느새 그의 몸에 난 상처들은 모두 아문 상태였다.

역시 담천의 예상이 맞았던 것이다.

한데 특이하게도 다른 때와는 다르게 담천의 몸 주위에 암혼기가 보이지 않았다.

게다가 암혼기 특유의 무거운 기운도 느껴지지 않았다.

마치 암혼기가 모두 어디론가 사라져 버린 것만 같았다.

순간 담천의 감았던 눈이 열렸다.

그의 눈동자는 마치 거대한 호수를 보는 것처럼 깊고 맑았다.

"드디어 삼 단계를 돌파한 것인가!"

분명 이전과는 전혀 다른 느낌이었다.

몸 안에서 느껴지는 강력한 힘은 물론이거니와, 감각 또한 전혀 다른 세상에 온 듯 또렷하고 새로웠다.

또한 암혼기를 운용하고 있음에도 몸 밖으로 전혀 드러나지 않고 있었다.

확신할 수는 없었으나, 천혜린에게 들었던 말을 종합해 볼 때, 자신이 세 번째 단계를 돌파한 것이 분명했다.

"일단은 해륜을······!"

세 번째 단계에 대해서는 나중에 확인해 보면 될 일이었다.

우선은 해륜을 구하는 것이 먼저였다.

해륜의 상처는 다행히도 목숨이 위중할 정도는 아니었다.

하지만 피를 너무 많이 흘린 것이 문제였다.

당장에 지혈을 할 필요가 있었다.

탁! 탁!

우선 혈도를 점혈해 출혈을 멈춘 담천이 상처에 응급 처치를 하기 위해 해륜의 도복 상의를 벗겼다.

"헛!"

해륜의 도복 상의를 벗기던 담천이 깜짝 놀라 손을 멈췄다.

그의 가슴이 천으로 단단히 감겨 있었던 것이다.

그것은 하나를 뜻했다.

"이런…… 여인이었나?"

조금은 어이가 없어진 담천이 허탈하게 웃었다.

어쩐지 사내치고는 너무 고운 얼굴을 가지고 있다 여겼는데, 여인이었던 것이다.

그동안의 일들을 되짚어 보니 자신이 알아차리지 못했다는 것이 더욱 놀라웠다.

행동 하나하나, 말투나 목소리 역시 지금 생각해 보면 충분히 이상했었기 때문이다.

'하기야…….'

그동안 담천이 다른 것에 신경 쓸 여유가 없었던 탓도 있었다.

"그때 어머님이 다른 사람들의 접근을 막았던 이유가 이

것인가?"

곽진과 싸움 후 해륜이 부상으로 쓰러졌을 때의 상황이
떠올랐다.

"우선은……."

쓸데없는 생각을 떨쳐 버린 담천은 우선 거의 걸레가 되
다시피 한 자신의 옷을 찢어 해륜의 복부를 묶었다.

당장에 움직이려면 혈도를 짚는 것만으로는 안심할 수
없었기 때문이다.

몇 겹으로 최대한 압박해서 피가 새어 나오지 않게 신경
을 썼다.

"끄응…… 어, 어떻게 된……."

그때 해륜이 고통 때문인지 정신을 차렸다.

"아, 아니! 무, 무슨!"

놀란 해륜이 눈을 동그랗게 뜬 채 자신의 몸과 담천을
번갈아 바라봤다.

"괜한 오해하지 마. 출혈 때문에 어쩔 수 없었으니."

담천이 무심한 얼굴로 말했다.

자신의 배에 묶인 천을 보고는 상황을 알아차린 해륜이
얼굴을 붉혔다.

"저, 저…… 옷 좀……."

그제야 아직 해륜이 상의를 벗고 있음을 알아차린 담천
이 헛기침을 하며 해륜의 도복 상의를 건네줬다.

"크윽!"

하지만 출혈이 심했던 탓에 몸에 제대로 힘이 들어가지 않아 옷을 입기가 쉽지 않았다.

결국 담천이 해륜이 도복 상의를 입는 것을 도와야 했다.

해륜은 부끄러움에 아무런 말도 하지 못한 채 고개조차 들지 못했다.

남자에게 자신의 속살을 보이는 것은 처음이었기 때문이다.

게다가 곽진 때에 이어 벌써 두 번이나 담천이 자신을 구했다는 사실에 왠지 마음이 뒤숭숭했다.

그리고 보니 자신은 항상 담천을 의심하고, 그의 행동을 트집 잡으면서도 그의 곁을 떠나지 못하고 있었다.

물론, 담천의 정체를 알아낸다든가, 그가 악행을 저지르는 것을 막겠다는 나름의 이유가 있기는 했으나, 해륜 자신도 그것이 얼마나 억지스러운 이야기인지 속으로는 알고 있었다.

'내가 대체 무슨 생각을……'

해륜은 아마도 출혈 때문에 정신이 혼미한 상황인지라 엉뚱한 생각이 떠오른 것이라고 스스로를 타일렀다.

"일단 이곳을 빠져나가지."

그때 담천이 해륜을 덥석 들어 올려 오른쪽 옆구리에 꼈다.

등에 업기에는 해륜이 너무 힘이 없었기 때문이다. 게다가 양화도 데리고 가야 하는 상황이었다.

"어, 어……."

현재, 담천은 상의를 벗은 상태였다.

갑자기 사내의 맨살과 닿게 된 해륜이 당황해서 무어라 말하려 했지만, 이미 담천은 몸을 날리고 있었다.

얼마 후 담천은 양화를 숨겨 두었던 장소에 도착했다.

다행히 양화는 처음 장소에서 기절한 채 쓰러져 있었다.

심각하지는 않은 상처였으나, 오히려 해륜보다 출혈이 심했던 양화였기에 당연한 결과였다.

해륜 역시 어느새 다시 정신을 잃은 상태였다.

담천은 기절한 두 사람을 한쪽씩 옆구리에 끼고 정도연합 진영을 향해 움직였다.

☯

고흥에 위치한 혈천 본진 막사 안.

좌정해 있던 혈마의 감긴 눈이 천천히 열렸다.

"재밌군……."

혈마의 입꼬리가 양옆으로 말려 올라갔다.

"인형인가? 아니면, 다른 이의 육체를 술법을 이용해

조정하는 것인가? 나조차도 정확히 파악할 수 없는 술법이라…… 큭큭큭!"

혈마가 하얀 이를 드러내며 일그러진 웃음을 토해 냈다.

"혼을 찾아 없애지 않으면 죽어도 소용이 없을 테지……."

놀랍게도 혈마는 담천에 대해서 정확히 파악하고 있었다.

"아깝군. 조금만 더 시간이 있었으면 백과 혼의 연결고리를 찾을 수 있었을 것을."

혈마가 아쉬움에 입맛을 다셨다.

선기에 의해 역소환되지 않았다면 놈의 정체와 혼이 있는 곳을 알아낼 수 있었을 것이다.

역시 본신이 아닌 터라, 겨우 선기 따위에 술법이 깨지고 말았다.

"그렇다고 해도 놈의 선기는 다른 도사들이나 영물들의 것과는 달리 이상할 정도로 강력해…… 그 정도로 순수한 선기는 등선한 선인(仙人)들이나 가질 수 있는 것인데……."

혈마의 눈동자가 깊어졌다.

아무리 생각해 봐도 담천의 정체를 짐작조차 할 수 없었다.

천 년을 넘게 살아온 그가 짐작조차 하지 못하는 존재라니, 놀라운 일이었다.

"어쨌든, 이거 무료하던 차에 좋은 흥밋거리가 생겼군그래. 크크크크!"

혈마의 얼굴에 미소가 짙어졌다.

◐

담천은 이각 정도를 전력으로 움직여 정도연합 진영 근처에 도달했다.

해륜은 어느새 다시 정신을 잃은 상태였다.

세 번째 단계를 넘어선 때문인지, 두 명이나 짊어진 상태로도 전보다 몇 배는 빠르게 움직일 수 있었다.

담천은 우선 진영의 상황을 살폈다.

흑풍대가 이미 도착해서 전투가 벌어졌을 가능성이 높았기 때문이다.

하지만 그의 예상과 달리 진영 근처에는 흑풍대의 모습을 찾아볼 수 없었다.

'이상하군.'

의아한 일이었지만 담천에게는 잘된 일이었다.

그는 일단 기절한 양화를 진영 근처 경계병들의 이동 경로에 신창양가의 표식이 그려진 장창과 함께 놓아 둔 후, 해륜을 데리고 진영으로 향했다.

◐

"엇! 담 공자!"

담천이 해륜을 어깨에 둘러메고 정도연합 진영 입구로 들어서자 기다리고 있었던 모양인지 원무가 총총거리며 달려 나왔다.

"해륜아!"

해륜이 걱정되었던 모양인지 사형인 해명도 함께 나와 있었다.

"어떻게 된 일이오! 다치기라도 한 거요?"

담천의 품에 기절해 있는 해륜의 모습을 보고는 해명이 불안한 얼굴로 물었다.

"목숨이 위험할 정도의 부상은 아닙니다. 다만 출혈이 심해서 정신을 잃은 것뿐입니다."

담천의 말에도 해명은 안심이 안 되는지 안절부절못했다.

"일단 해륜 도사를 빨리 의료 막사로 데려가는 것이 좋겠군요."

원무가 걱정스런 표정으로 말했다.

"아, 아니오! 이래 봬도 의술에 대해 제법 알고 있는 것이 많으니, 사제는 내가 직접 돌보도록 하겠소."

원무의 말에 흠칫한 해명이 해륜을 얼른 담천에게서 넘겨받았다.

의료 막사에 가게 되면 그녀가 여인인 것이 밝혀질 것이기 때문이었다.

"가만! 혹시…… 담 공자?"

갑자기 해명이 담천과 해륜을 번갈아 바라보았다.

응급 처치를 하고 지혈을 하려면 담천이 해륜의 상의를 벗겨야 했을 것이다.

그렇다면 해륜이 여인인 것을 알아차렸을 것이 분명했다.

"크흠…… 아무 일도 없었습니다."

담천이 그답지 않게 당황한 표정으로 헛기침을 했다.

"응? 나는 그 말이 아닌데?"

해명은 해륜이 여인인 것을 알아차렸느냐 물어본 것인데, 담천이 지레 겁먹고 너무 앞서 나간 것이다.

뜬금없는 대답에 해명이 눈을 가늘게 뜬 채 담천을 바라봤다.

물어보지도 않은 일을 스스로 부인하는 것을 보니 갑자기 의구심이 들었던 것이다.

담천은 눈살을 찌푸렸다.

자신이 죄를 지은 것도 아닌데, 일일이 변명을 해야 하는 상황이 조금은 짜증이 났다.

그렇다고 해명에게 화를 낼 수도 없는 노릇이었다.

난감한 상황을 맞은 담천을 구해 준 것은 원무였다.

"그나저나 설 소저의 이야기를 듣고 별일 없을 것이라고는 생각했지만, 해륜 도사까지 소식이 없어 걱정했는데 참으로 다행입니다."

아마도 검은 기류에 둘러싸인 정체불명의 고수에 대해 듣고 담천이라 알아차린 듯했다.

"혹시, 그들에게 나에 대해 이야기했소?"

"하하, 걱정 마십시오. 저도 그 정도 눈치는 있습니다."

원무가 손사래를 치며 말했다.

그도 현재 무벌에서 정체불명의 괴인에 대해 수배령이 내려져 있음을 알고 있었기 때문이다.

원무와 담천의 대화가 시작되자 해명은 해륜을 데리고 막사로 돌아갔다.

당장에는 해륜의 치료가 가장 시급했기 때문이다.

해명이 빠른 걸음으로 멀어지는 것을 확인한 담천이 안도의 한숨을 내쉬었다.

"흑풍대는 어찌 된 거요?"

마음을 가라앉힌 담천이 그간의 상황에 대해 물었다.

"아! 그것은……."

원무가 그간의 사정에 대해 이야기했다.

설소령과 검각의 무사들은 담천의 도움으로 무사히 정도 연합에 신호용 폭죽을 쏘아 올릴 수 있는 거리까지 접근할 수 있었다.

그들은 즉시 적의 기습을 알리는 붉은색 폭죽을 쏘아 올렸고, 그로 인해 정도연합 측은 간발의 차로 흑풍대의 기습을 알아차릴 수 있었다.

흑풍대가 진영과 겨우 이백여 장 정도 거리에 도달했을 때였다.

만약 신호용 폭죽이 없었다면 놈들이 들이닥치는 것을 손 놓고 바라봐야 했을 것이다.

신호용 폭죽을 확인한 정도연합에서는 그 즉시 검후와 사천당문의 가주 당곡을 중심으로 병력을 모아 놈들을 마중 나갔다.

두 사람 모두 정찰대에 자신의 제자와 아들을 보낸 터라 마음이 급했던 것이다.

어차피 흑풍대에겐 기습의 이점이 사라져 버린 상황이었다.

게다가 담천에 의해 대주와 부대주가 목숨을 잃은 터라 구심점이 사라져 버린 뒤였기에 두 화경 고수가 이끄는 대규모 병력과 맞서는 것은 무리였다.

바보가 아닌 이상 놈들도 그대로 정도연합 진영을 공격하는 것은 자살 행위나 마찬가지임을 알고 있었을 것이다.

결국 흑풍대는 정도연합 진영에 도착하지도 못한 채 뿔뿔이 흩어져 달아났다.

그 뒤를 검후와 당곡이 쳤고, 놈들은 반 이상의 전력을 잃은 채 패퇴했다.

진영 근처에 싸움의 흔적이 없었던 이유도 그 때문이었다.

게다가 일찌감치 승부가 난 터라 담천이 진영에 도착했을 때는 조용했던 것이다.

"살아온 사람은 몇이나 되오?"

담천의 질문에 원무의 안색이 어두워졌다.

"검각의 세 분과, 저와 함께 한 종남파 제자 중 두 분이 전부입니다. 다른 조는 전멸한 듯합니다."

하기야 반대편 조가 만약 권속들을 만났다면 상대할 방법이 없었을 것이다.

강기 외에는 통하지 않는 존재를 무슨 수로 상대한다는 말인가.

그나마 흑풍대가 담천의 조가 움직인 쪽으로 왔다는 것이 다행이라면 다행이었다.

그렇지 않았다면 아마도 그들의 기습을 알아차리지 못했을 것이고, 정도연합은 상당한 피해를 입었을 것이다.

"담 공자 옷부터 갈아입어야겠군요."

사실, 담천의 몰골도 말이 아니었다.

상처는 없었으나 해륜의 상처를 묶는 데 쓰느라 상의를 벗은 상태인데다 바지에는 작은 구멍들이 수없이 뚫려 있었다.

"신창 양가의 양 공자가 피투성이로 쓰러져 있는 것을 발견했습니다!"

그때 경계병인 듯 보이는 이들 둘이 양화를 들쳐 메고 정문으로 급히 뛰어왔다.

'장창과 명패를 확인한 모양이군.'

혹시라도 상처가 심해 못 알아볼까 하여 담천이 양화를 두고 올 때, 양가의 표식이 있는 장창과 신분패를 함께 놓아 두었기 때문이다.

안쪽 막사에서 사람들이 몰려나왔다.

그중에는 설소령의 모습도 보였다.

아마도 정찰대의 생존자가 있다는 말에 달려 나온 듯했다.

담천은 씁쓸한 웃음을 지었다.

자신이 돌아왔을 때는 원무와 해명 외에는 아무런 관심도 받지 못했던 것이 생각났기 때문이다.

물론 담천이 요란하게 알리지 않았던 탓도 있었다.

하지만 입구를 지키는 경비 무사들도 특별히 보고하지 않았다는 것은 그만큼 담천의 존재감이 없다는 이야기였다.

그렇지만 다른 이의 관심을 받지 않기 위해 담천이 의도한 일이기도 했기에 불만을 표할 수는 없었다.

"아니, 어쩌다가 이런 몰골이……."

신창양가의 인솔자인 부가주 양소위가 창백한 얼굴로 달려가 양화를 살폈다.

"의원! 당장 의원을 부르시오!"

누군가 이미 연락을 했는지 의원이 마침 달려오고 있었다.

양소위가 호들갑을 떨며 의원을 닦달하는 동안 설소령의 시선이 담천을 향했다.

"담 공자도 무사했군요?"

설소령의 눈에는 놀라움이 가득했다.

그도 그럴 것이 조원들 중 가장 무력이 약했던 담천인지라 살아남았으리라곤 예상치 못했던 것이다.

"운이 좋았소."

담천이 짧게 대답했다.

설소령이 미심쩍은 눈으로 담천을 바라봤다.

단지 운으로만 삼백이 넘는 흑풍대를 피해 생환했다는 것을 어느 누가 쉽게 믿을 수 있겠는가.

초절정에 거의 다다른 설소령마저 검은 기류를 두른 괴인의 도움이 없었더라면 죽임을 당했을 것이다.

게다가 걸레가 되다시피 한 바지로 보아 만만치 않은 고난을 겪은 것이 분명했는데, 맨몸이 드러난 상체에는 상처 하나 없었다.

담천은 귀찮음을 피하기 위해 원무를 데리고 담씨세가의

막사로 향했다.

　잠시 이채를 띤 눈으로 담천의 뒷모습을 바라보던 설소
령이 다시 양화에게로 시선을 돌렸다.

4장
폭풍전야

다음 날 양화가 깨어나자 살아남은 정찰대원들은 지휘막
사로 불려갔다.

설소령이 일 차로 보고를 했으나, 더 상세한 내용을 확
인하기 위해서이기도 했고, 정찰대원들의 활약으로 흑풍대
를 격파할 수 있었던 것을 치하하기 위함이기도 했다.

담천 역시 원무와 함께 막사로 향했다.

해륜은 아직 거동이 불편한 상황이었다.

사실 출혈이야 양화가 심했으나, 상처의 깊이는 복부를
관통당한 해륜이 더 컸기 때문이다.

그에 비해 양화는 살이 십여 군데 베어져 나간 것 이외

에는 별다른 상처가 없었기에, 처참해 보이는 것에 비해서는 실상 움직이는 데 큰 지장이 없었다.

담천과 원무가 막사 앞에 도착하자 설소령을 비롯한 종남파의 전유, 그리고 여기저기 상처를 천으로 감싼 양화의 모습이 보였다.

담천이 도착하자 설소령이 묘한 시선을 보냈다.

아직도 담천이 상처 하나 없이 살아 돌아온 것을 의심하는 눈치였다.

담천의 모습을 발견한 양화 역시 무척 놀라는 모습이었다.

그 지옥 같은 추격전에서 자신보다 약한 담천이 살아남았으리라곤 생각도 못했던 것이다.

잠시 놀란 표정으로 있던 그는 곧 '네놈은 참으로 운이 좋구나' 하는 못마땅한 시선으로 담천을 노려보기 시작했다.

동원령 때 어부지리로 공을 세운 것도 그렇고, 이번 정찰 임무에서도 별다른 일을 하지 않고 말짱하게 살아 돌아와 죽을 고생을 한 자신과 함께 치하를 받는다는 것이 너무도 불공평하다 느낀 것이다.

하지만 자리가 자리이니만큼 양화도 대놓고 불만을 표시할 수는 없었다.

담천은 그런 양화의 모습을 속으로 비웃었다.

자신의 목숨을 가지고 놀던 이가 담천이라는 사실을 놈이 알게 되면 어떤 표정을 짓게 될지 무척 궁금했기 때문이다.

"알고 보니 담 공자가 진영에 돌아온 시간이 양 공자가 발 된 때와 거의 비슷하더군요."

그때 어느새 다가온 설소령이 담천에게 조용한 목소리로 물었다.

담천은 아무런 대답 없이 설소령을 바라봤다.

그녀가 무슨 의도로 자신에게 이런 질문을 하는 것인지 짐작이 가지 않았기 때문이다.

"당신은 검은 기류의 괴인에 대해 알고 있나요?"

뜻밖의 이야기에 담천이 눈살을 찌푸렸다.

어떤 이유인지 몰라도 설소령이 담천이 검은 기류의 괴인과 관계가 있다고 의심하고 있음이 분명했다.

'도대체 무엇 때문에?'

담천의 머리가 복잡해지기 시작했다.

자신을 의심하는 이가 있어서는 결코 안 되었다.

"그것을 왜 내게 묻는 것이오?"

담천은 최대한 태연한 얼굴로 설소령을 떠봤다.

설소령이 담천의 태연함이 사실인지 확인이라도 하듯 뚫어져라 살폈다.

사실 그녀가 담천을 미심쩍어 하는 것에는 그만한 이유가 있었다.

양화가 흑의인에게 끌려가는 것을 확인한 설소령이었다.

어제 발견 당시 양화는 심한 출혈로 인해 정신을 잃은 상황이었다.

스스로 흑풍대의 눈을 피해 정도연합까지 올 수 있는 상태가 아니었던 것이다.

하면 누군가가 양화를 정도연합 진영 근처에 놓아 두고 갔다는 가정이 합리적이었다.

그렇다면 그 누군가는 검은 기류의 괴인일 확률이 높았다.

한데 공교롭게도 비슷한 시각에 담천이 진영으로 돌아온 것이다.

게다가 아무런 상처도 없이.

또 한 가지 중요한 사실은 검은 기류의 괴인이 처음 나타난 곳이 의창이라는 점이었다.

의창에 나타났던 괴인이 이곳에도 나타났다는 것은 어쩌면 그가 무별과 연관이 있다고 생각할 수도 있는 것이다.

아니, 어쩌면 무별에 소속된 자 중 하나일 가능성도 있었다.

그녀로서는 충분히 담천과 괴인의 관계를 의심할 수 있는 상황인 것이다.

물론 특별히 뛰어난 머리와 통찰력을 가진 그녀였기에
가능한 일이었다.

"어제 검은 기류의 괴인이 양 공자를 끌고 갔다는 사
실은 알고 있겠죠? 한데 무슨 일인지 고문을 당한 채 진영
근처에 버려져 있더군요. 물론, 당연히 검은 기류 사내가
한 일이겠지요."

그제야 담천은 설소령이 자신을 의심하는 이유를 알 수
있었다.

'보통 여인이 아니군.'

놀라운 통찰력이었다.

그토록 조심했는데도 자신과 괴인을 연결시키다니 담천
으로서는 한 방 맞은 기분이었다.

하지만 여기서 당황하는 모습을 보여서는 절대 안 되었
다.

"아니, 설 소저. 지금 담 공자가 검은 기류 괴인과 연관
이 있단 말입니까? 에이, 무슨 이런…… 하하하, 설 소저
도 농담을 하실 때가 있구려."

그때 양화가 어이없다는 얼굴로 웃었다.

'아니, 가만……'

담천을 비웃던 양화가 갑자기 웃음을 멈췄다.

그러고 보니 검은 기류 괴인이 무벌에 자신의 세력이 침
투해 있다고 했던 이야기가 생각났던 것이다.

'서, 설마…… 담천이!'

양화가 창백한 얼굴로 담천을 바라봤다.

"글쎄. 누구도 내가 온 것을 신경 쓰지 않은 터라 정확한 시각은 모르겠소. 게다가 나는 해륜 도사, 당문과 함께 움직였기에 당신이 하는 말이 무엇을 뜻하는지 전혀 알 수가 없구려."

담천의 대답에 양화가 안도의 한숨을 내쉬었다.

저 얄밉고 기회주의자인 담천이라면 당연히 그들 중 가장 강한 당문을 쫄래쫄래 쫓아갔을 것이라 여긴 것이다.

당문이 움직인 쪽은 자신들과는 전혀 다른 방향이었다.

두 곳에 동시에 존재할 수 없는 이상 담천이 검은 기류 괴인일 확률은 없었다.

게다가 검은 기류 괴인과 같은 세력이라는 증거는 더더욱 없는 상황이었다.

단지 무벌 안에 누군가라는 것 외에는 아무런 실마리가 없었기 때문이었다.

설소령이 눈살을 찌푸렸다.

담천의 말이 사실이라면 자신의 추론이 틀린 것이다.

그리고 분명 어제 담천은 해륜을 부축해서 돌아왔다.

'내가 잘못 생각한 것인가?'

그렇다기엔 공교로운 점이 너무도 많았다.

설소령이 미심적은 표정을 풀지 않고 담천에게 다시 질

문을 하려는 순간 제갈명이 그들을 막사 안으로 불렀다.

"모두들 들어오게."

결국 설소령은 미처 이야기를 꺼내지 못하고 막사 안으로 들어가야 했다.

다행히 담천의 정체가 밝혀지지 않자 원무는 안도의 한숨을 내쉬었다.

사실을 알고 있는 그로서는 조마조마할 수밖에 없었던 것이다.

반면 담천은 머릿속이 매우 복잡했다.

이번에야 어떻게든 넘어갈 수 있었지만, 오늘 상황으로 보아 설소령은 담천에게 상당히 위험한 존재였다.

'앞으로 더욱 조심해야겠군.'

암혼기가 삼 단계를 넘어섰다 하나, 혈마를 만났던 경험으로 비춰 보아 아직은 진마를 상대할 능력이 된다고 확신할 수 없었다.

정체가 밝혀져 놈들의 표적이 되는 위험은 무조건 피해야 했다.

특히 초씨세가를 멸망시킨 원수가 진마일 경우도 생각해야 하는 지금은 더욱 그랬다.

막사 안에 들어서자 각 문파와 가문의 대표들이 이미 자리하고 있었고, 그 가장 앞쪽 중앙에는 서문광천이 앉아 있었다.

"수고들 많았소. 그대들 덕에 혈천의 무리들에게 큰 피해를 줄 수 있었소."

조원들이 들어서자마자 제갈명이 그들을 치하했다.

살아남은 조원들은 미리 진영으로 돌려보냈던 종리세가 무사들과 담천, 원무, 해명, 양화, 설소령과 검각의 두 무사, 전유와 종남파의 무사까지 모두 열세 명이었다.

두 개의 조 서른두 명의 정찰대 중 미처 반도 살아 돌아오지 못한 것이다.

막사 안을 메운 지휘부 인사들의 표정이 숙연해졌다.

이들이야말로 목숨을 걸고 자신의 임무를 완수한 영웅들이었다.

또한 이번 임무에 자신들의 제자와 자식을 잃은 문파와 가문들의 슬픔 역시 막사 안의 분위기를 무겁게 했다.

그때 서문광천의 시선이 조원들을 향했다.

조원들을 하나씩 살피던 서문광천의 눈길이 담천에게 한동안 멈췄다.

언제나 느끼는 것이었지만 서문광천의 시선에 접하게 되면 마치 벌거벗은 채 수 많은 사람들 앞에 서 있는 듯했다.

담천에게는 다행히도 서문광천의 시선이 양화에게로 옮

겨졌다.

"자네의 상처는 어찌 된 일인가?"

양화가 뜨끔한 표정으로 고개를 숙였다.

"그, 그것이……."

말을 하려던 양화가 잠시 머뭇거렸다.

무벌 안에 자신의 눈이 있다던 검은 기류 괴인의 말이 생각났던 것이다.

'여기서 말을 잘못하면 놈이 날 죽이려 할 거야!'

정신을 차린 양화가 떨리는 목소리로 이야기를 시작했다.

"그 검은 기류 괴인이 저를 납치해서 고문을 했습니다."

이것까지는 숨길 수 없는 일이었다.

이미 설소령과 검각 사람들이 자신이 납치되는 것을 보았기 때문이다.

서문광천의 눈에 이채가 일었다.

"놈이 너를 납치한 이유가 무엇이냐?"

왜 하필 양화를 납치한 것일까.

둘 간의 연관점이 잘 생각나지 않았다.

그때 서문광천의 머릿속에 영화루와 진씨세가의 공통점이 떠올랐다.

바로 마귀.

영화루의 경우도 괴인이 권속들과 맞서기 위해 나타났었고, 진씨세가의 경우도 그들이 마귀와 연계되었음이 밝혀졌다.

'그렇다면 신창양가가 마귀와 연관이 있다는 말인가?'

서문광천의 눈이 빛났다.

양화는 서문광천의 서늘한 눈빛에 몸에 오한이 드는 것을 느꼈다.

마땅한 변명거리를 만들어 내야 했다.

하지만 아무리 생각해도 사실대로 이야기하는 것 외에는 서문광천을 납득시킬 만한 변명거리가 생각나지 않았다.

물론, 당연히 사실을 그대로 이야기할 수는 없었다.

"저, 저도 모르겠습니다. 그저 놈은 아무 말 없이 저를 고문하다 돌려보냈습니다."

도저히 변명거리를 생각해 낼 수 없었던 양화가 결국 될 대로 되라는 식으로 말한 후 눈을 질끈 감았다.

그의 가슴은 앞으로 자신에게 향할 서문광천의 분노와 심문에 대한 두려움으로 당장이라도 터져 나갈 듯 방망이질 쳤다.

"그래? 그거 이상하군. 어쨌든 고생했네."

하지만 의외로 서문광천은 별다른 이야기 없이 질문을 끝마쳤다.

양화는 멍한 상태로 한동안 고개를 들지 못했다.

마치 죽었다 살아난 것 같은 심정이었다.

설마하니 서문광천이 이렇게 어처구니없이 자신의 대답

을 인정할 줄은 꿈에도 생각지 못했던 것이다.

"가, 감사합니다!"

다시 정신을 차린 양화가 큰소리로 서문광천에게 감사를 표했다.

이 순간만큼은 진심으로 서문광천에게 감사하고 싶었던 것이다.

"다른 이들도 수고가 많았소! 그대들이야말로 정도연합의 영웅이자 자랑이오! 여기 있는 모두는 이들과 죽은 정찰대원들의 용맹과 희생을 기억하고, 이를 널리 알려 모두의 귀감이 될 수 있도록 하시오!"

조금은 거창하고 낯 뜨거운 서문광천의 찬사였지만, 살아남은 정찰대원들은 물론, 정찰대원이 속해 있던 문파와 가문에게는 자부심이 느껴지는 순간이었다.

"제갈문상은 수뇌들과 상의해 이들과 이들이 소속된 가문, 문파에 적절한 포상을 내리도록 하라. 그리고 죽은 조원들의 가문과, 문파에도 그들의 희생에 어울리는 충분한 보상을 내리도록!"

"존명!"

결국 조원들에 대한 포상이 결정되고, 임시 회의는 끝이 났다.

담천도 미심적은 눈을 거두지 않는 설소령을 피해 얼른 지휘 막사를 나섰다.

임시 회의가 끝나고 서문광천이 제갈명과 도진을 따로
자신의 막사로 불렀다.

"대사는 어찌 보시오? 양화가 마귀와 관련이 있다고 생
각하시오?"

갑작스런 서문광천의 질문에도 두 사람은 조금도 놀라지
않았다.

어차피 양화의 어색한 변명을 믿은 사람은 그 자리에 한
사람도 없었을 것이기 때문이다.

사실 서문광천이 그 자리에서 양화를 더 이상 닦달하지
않은 이유는 신창양가 정도 되는 가문을 확실한 근거도 없
이 몰아세우다가는 오히려 다른 가문에게까지 반발을 살
수 있었기 때문이다.

무벌은 여러 가문이 모여 만들어진 연합 단체.

사실 한 단체이면서도 언제 쪼개질지 모르는 불안함을
안고 있는 조직이다.

이런 불안한 조직을 유지하는 것은 서문광천의 압도적인
힘과 권위였다.

하지만 그렇다고 해서 서문광천이 자신의 마음대로 무벌
을 쥐락펴락할 수 있는 것만은 아니다.

세가들은 구파일방과는 달리 모두 이익 단체에 가까운 성격을 가지고 있다.

이들이 서문광천의 권위와 힘을 받아들이는 이유도 결국 자신들의 생존에 서문광천의 힘과 권위가 이익이 되기 때문이다.

한데 서문광천이 자신들의 생존에 위험한 존재가 되어 버린다면 누가 그의 지배 아래 머물려 하겠는가.

오히려 약자인 그들은 똘똘 뭉쳐서 서문광천과 대항하려 할 것이다.

그래서 명분과 확실한 근거가 중요한 것이다.

아무리 서문광천이라 해도 막무가내로 각 가문을 핍박하거나 쳐 낼 수 없는 것이다.

제갈명과 공지 역시 그 사실을 잘 알고 있었다.

잠시 생각을 하는 듯 눈을 감았던 공지가 서문광천의 물음에 침착하게 답했다.

"그럴 가능성도 배제할 순 없소."

여기에 자리한 세 사람 모두 당연히 생각했던 문제였다.

그동안 검은 기류 괴인의 등장은 항상 마귀와 관련이 있었기 때문이다.

"그것을 확인할 마땅한 방법이 있소?"

"지금으로서는 양가 전체가 관계가 있는 것인지, 양화만 관계가 있는 것인지, 그도 아니면 아무런 관계도 없는 것인지 전혀 단서가 없는 상황이라 딱히 술법을 사용할 수도 없소. 범위가 너무 광범위한 상태요."

"음……."

서문광천이 침음성을 흘렸다.

"그렇다면 일단 놈을 감시하는 것 외엔 특별한 방법은 없겠군. 문상이 이 일은 처리해 주게, 최대한 비밀리에 말이지."

"그렇게 하겠습니다. 은영단(隱影團) 애들을 움직이도록 하지요."

은영단은 무벌의 비밀 단체였다.

그들은 음지에서 활동하고 결코 겉으로 모습을 드러내지 않았는데, 요인 감시, 적의 암살, 정보 수집이 그들의 주요 임무였다.

이들을 움직인다는 이야기는 곧 신창양가에 대한 감찰이 시작되었다는 이야기였다.

은영단은 신창양가에 대해서 아주 작은 흠집까지 모조리 찾아낼 것이고, 결국, 양가는 어떤 식으로든 가문의 명예와 영향력에 상당한 타격을 받게 될 것이다.

"은영단이라…… 적당하겠군. 그럼, 그 일은 문상에게 맡기도록 하지. 공지 대사와 따로 긴히 나눌 이야기가 있으니 문상은 이만 나가 보라."

서문광천의 축객령에 제갈명이 씁쓸한 표정으로 막사를

나섰다.

서문광천이 공지와 무엇을 꾸미는 것인지 알 수 없으나, 문상인 자신에게까지 숨긴다는 것은 제갈명의 입장에서는 불쾌할 수밖에 없었다.

하지만 그도 그것을 겉으로 표시할 만큼 어리석지는 않았기에 그저 조용히 물러설 수밖에 없었다.

이렇게 막사 안에는 서문광천과 공지만 남았다.

"무슨 특별한 일이라도 있소?"

서문광천의 분위기가 평소와는 다름을 느낀 공지가 물었다.

"오늘 재밌는 이야기를 들어서 말이오."

무표정하던 서문광천의 얼굴에 엷은 미소가 걸렸다.

마치 먹이를 노리는 맹수의 그것처럼 날이 선 미소였다.

공지는 아무 말 없이 서문광천의 말이 이어지길 기다렸다.

"설소령이라는 아이가 흥미로운 이야기를 하더군."

공지가 의아한 눈으로 서문광천을 바라봤다.

막사 안에서 설소령은 별다른 이야기를 한 적이 없었다.

한데 대체 서문광천이 무슨 이야기를 들었다는 것인가.

"그대는 담천을 어떻게 보시오?"

갑자기 서문광천이 공지에게 담천에 대해 물었다.

공지는 잠시 서문광천의 눈을 응시했다.

그가 대체 무슨 의도를 가지고 이런 질문을 하는 것인지 파악하려는 것이다.

"조금 특이하다고는 생각하고 있소. 육신이나 주화입마의 빠른 회복 속도라든지……."

서문광천의 표정에서 아무것도 알아내지 못한 공지가 질문에 대답했다.

"설소령이 담천을 검은 기류 괴인과 연결시켜 의심하더군."

놀랍게도 서문광천은 막사 밖에서 설소령과 담천이 나눈 대화에 대해 알고 있었다.

공지의 눈에 이채가 일었다.

"검은 기류 괴인과 말이오? 무슨 근거로 그 아이가……."

당장에는 별다른 연결점을 생각할 수 없는 상황이었다.

"지금은 그다지 신빙성이 없는 추측에 불과하오. 양화가 진영에 버려진 시간과 담천이 돌아온 시간이 비슷하다는 정도인데, 그것은 너무 억지스러움이 있지. 한데 이상하게 그 아이의 말이 끌리는구려. 왠지 담천이란 아이가 흥미롭기도 하고."

서문광천의 눈동자에 빛이 일었다.

"게다가 요즘 담씨세가의 전력이 갑자기 급상승한 것도 수상한 것은 분명하오. 또, 그대가 이야기한 그 도사와,

중의 존재도…….”

“그래서 어찌할 작정이오?”

“이 일에 대한 조사를 대사께 부탁드릴까 하오. 검은 기류 괴인과 마귀가 관련되어 있다면 다른 이들은 아무래도 무리겠지……. 일단 내가 먼저 사실을 확인하고 싶기도 하고 말이오.”

공지가 잠시 생각에 잠겼다.

“좋소. 일단 내가 담천을 한 번 만나 보도록 하겠소. 그리고 담씨세가에 대해서는 염마의 권속들을 보내 알아보도록 하지요.”

“고맙소.”

공지는 마주 인사를 한 후 그대로 막사를 나섰다.

“담천이라…….”

혼자 남은 서문광천의 눈이 점점 깊어졌다.

☯

정찰대의 활약으로 인한 첫 전투의 승리로 정도연합 진영의 분위기는 매우 밝았고, 모두가 자신감에 넘쳐 있었다.

하지만 그것도 잠시였다.

아직 전쟁은 시작에 불과했고, 혈천의 무리가 언제 도발해 올지 알 수 없는 상황이었기 때문이다.

현재 혈천의 움직임에 대한 정보는 개방을 통해 얻는 것이 유일했다.

그것도 가까이 접근할 수가 없었기에 멀리서 대규모 움직임을 관찰하는 것 외에는 별다른 정보를 얻기가 어려웠다.

결국 정찰대를 다시 보내지 않는다면 놈들의 상세한 움직임을 알 도리도 없는 것이다.

그러나 상당한 고수들이 움직였음에도 거의 전멸하다시피 한 마지막 정찰대의 결과로 인해 쉽게 지원하는 이들이 없었다.

게다가 혈천의 무리에 마귀와 권속들이 있음이 알려진 이상 두려움은 더욱 클 수밖에 없었다.

어쩔 수 없이 권속이나 마귀를 상대할 수 있는 화경 이상의 고수나 도력이 높은 도사나 승려들이 움직여야 하는 상황이었다.

하지만 그것이 가능할 리가 없었다.

우선 화경 고수의 경우 현재 가장 중요한 전력이었다.

그런 이들을 함부로 움직였다가 만일 놈들의 함정에 빠져 죽임을 당하기라도 한다면 너무도 큰 타격이 될 것이기 때문이다.

그렇다고 도력이 높은 도사와 승려를 움직이는 것은 더

욱 힘들었다.

현재 진영 안에 마귀와 권속들을 상대할 승려라고는 공지와 담씨세가의 원무뿐, 도사는 종남파의 양현자와 양진자, 그리고 담씨세가의 해륜, 해명뿐이었다.

기껏 정찰을 위해 공지가 움직일 수는 없는 노릇이었고, 양현자는 종남파의 장문, 양진자는 종남파의 제일 고수였으니 그들을 함부로 움직일 수도 없었다.

그렇다면 남은 것은 담씨세가의 인물들뿐인데, 한 가문에만 위험을 강요하는 것은 공정치 못한 처사였다.

그리고 고작 세 명을 움직여 얻을 수 있는 정보가 얼마나 되랴.

결국 지휘부로서는 정보를 얻는 것을 포기하고, 경계 범위를 넓혀서 적이 진영에 도착하기 전에 발견할 수 있도록 하는 것이 최선이었다.

하지만 거기에도 인원과 맡아야 할 구역의 한계가 있어서 고작해야 진영에서 오십 장에서 길어야 백 장이 최대였다.

그 정도 거리면 놈들이 전속으로 돌진해 올 경우 촌각에 불과했다.

대응하는데 상당히 촉박한 시간이었다.

어쨌든 정도연합으로서는 최대한 긴장한 채 놈들의 공격을 대비하는 수밖에는 다른 방법이 없었다.

그로 인해 정도연합 진영의 분위기는 더욱 무거워졌다.

☯

막사로 돌아온 담천은 머릿속에서 그동안의 일에 대해
정리했다.

한 번에 너무도 많은 일이 벌어졌다.

우선 양화를 이용해 원수를 찾아낼 방법이 생겼다. 물
론, 놈이 언제 마음을 돌릴지 모르니 결코 감시를 소홀히
해선 안 됐다.

두 번째로는 혈마를 만난 일이었다.

처음 진마를 상대한 것이다.

물론, 그의 본신이 아닌 빙의된 인형에 불과했지만, 그
럼에도 불구하고 놈의 힘은 너무도 강력했다.

게다가 단숨에 담천을 꿰뚫어 봤다.

담천이 몸의 주인이 아닌 것, 그리고 죽여도 소용이 없
다는 것까지 섬뜩할 정도로 정확히 알아차렸다.

만일…… 조금만 더 놈의 술법이 이어졌다면 서문유향
의 존재는 물론, 자신이 초유벽이라는 사실까지 들켰을지
도 모른다.

'모든 진마가 그 정도 힘을 가지고 있다면 암담한 노릇
이군.'

그러나 담천은 결코 좌절하지 않았다.

곽진과 처음 상대했을 때도 똑같은 암담함을 느꼈었다.

한데 지금은 어떤가.

곽진 정도는 눈에 보이지도 않을 정도의 힘을 가지고 있지 않은가.

그리고 드디어 목표로 하던 세 번째 단계를 넘어선 상황이었다.

'그렇지!'

마침 생각난 담천이 허리춤에 있는 노리개에 암혼기를 불어넣었다.

—어쩐 일이죠?

천혜린의 목소리가 들려왔다.

그녀는 갑작스런 담천의 연락에도 별로 놀라는 기색이 없이, 늘 그렇듯이 무언가를 탐색하는 목소리로 담천에게 물었다.

직접 보지 않아도 그녀의 입가에 묘한 미소가 걸려 있을 거라는 사실을 알 수 있었다.

"세 번째 단계를 넘은 것 같은데, 내 생각이 맞는 것인지 물어보려 연락했다. 그리고 세 번째 단계에 대해 설명도 필요하고."

—정말인가요? 대단하군요!

천혜린의 목소리에는 그녀답지 않게 놀라움이 담겨 있었다.

─설마 이토록 빨리 세 번째 단계를 넘으리라곤 생각도 못했어요. 최소한 상급 마귀를 다섯 마리 정도는 더 잡아야 될 것이라 여겼는데…… 어쨌든 축하해요. 술잔이 있으면 축배라도 들고 싶군요. 호호호.

평상시 답지 않게 무척 들뜬 천혜린의 목소리가 담천에게는 무척 생소했다.

"확실히 넘은 것이 맞는지는 잘 모르겠군."

─지금 주위에 사람이 있나요?

"없는데."

갑작스런 천혜린의 물음에 의아해 하며 담천이 대답했다.

어차피 천혜린과 연락하기 위해 인적이 드문 곳으로 온 상황이었다.

─그럼 암혼기를 끌어 올려 보세요.

담천은 천혜린의 말대로 암혼기를 끌어 올렸다.

우우우우웅!

조금만 끌어 올린다고 생각했는데도 순간적으로 엄청난 양의 암혼기가 담천의 몸을 가득 채웠다.

─암혼기가 육안으로 보이나요?

"아니, 전혀."

담천의 온몸에 암혼기가 가득함에도 몸 밖으로는 이전처럼 검은 기류가 보이지 않았다.

─그렇다면 세 번째 단계를 넘어선 것이 확실하군요!

담천의 짐작이 맞았던 것이다.

─세 번째 단계를 넘어서면 암혼기를 몸 안에 갈무리할 수 있어요. 당신이 일부러 밖으로 암혼기를 뿜어내지 않는 한 암혼기는 항상 갈무리된 상태로 몸 안에 머물죠.

그것은 곧 이제는 다른 사람의 눈치를 보지 않고 암혼기를 사용할 수 있다는 이야기였다.

"검기를 뿜어낸다거나 할 때는 어차피 보일 것 아닌가?"

─물론이지요. 하지만 이전보다 훨씬 엷고 투명하게 될 거예요. 또한, 당신이 의도하는 곳 외에는 암혼기가 발출되지 않죠. 한마디로 이제는 암혼기를 자유자재로 조절할 수 있다는 이야기예요. 예를 들자면, 실처럼 뽑아내서 채찍처럼 휘두른다든지, 검처럼 날카롭게 만들 수도 있지요.

사용해 보면 알 일이었지만, 상당한 발전이 있는 것만은 분명해 보였다.

─그리고 가장 중요한 한 가지는 세 번째 단계부터 배력술(倍力術)을 사용할 수 있다는 거예요!

천혜린의 목소리가 의미심장하게 들렸다.

"배력술?"

─당신의 힘을 순간적으로 두 배로 늘리는 술법이지요. 즉, 암혼기의 위력이 순간적으로 두 배가 되는 것이에요.

게다가 그 시간은 반 각이나 되요.

그러지 않아도 몇 배로 늘어난 암혼기가 순간적으로 다시 그 배로 늘어난다니 상상만 해도 어마어마한 위력이었다.

그 정도라면 진마들과 상대해도 밀리지 않을 것 같았다.

―하지만 아쉽게도 배력공은 하루에 단 한 번밖에 사용하지 못해요. 술법이 대단한 만큼 사용되는 도력이 당신 가슴에 있는 문양에 다시 충전되기까지 그만큼 많은 시간이 걸리기 때문이에요.

암혼장보다 훨씬 강력한 술법이니 당연한 결과였다.

어차피 도력은 담천이 가지고 있지 않았다.

가슴의 문양이 스스로 자연에서 충전하는 것이다.

담천으로서는 아무것도 할 수 없는 것이다.

하지만 그것만으로도 충분히 강력한 술법이었다.

"좋군. 의창에는 별일 없겠지? 제갈세가 사건을 일으킨 진마는 그 후로 별다른 움직임은 없나?"

―처음 몇 명의 아이들이 사라진 이후로는 잠잠해요. 아참!

갑자기 무언가 생각이 난 듯 천혜린의 목소리에 특유의 묘한 콧소리가 감돌았다.

―아버님이 당신이 돌아오는 대로 혼례를 치를 것이라고 벼르고 계세요. 뭐, 저야 상관없지만, 당신은 제법 곤

란하겠군요. 혹시 이대로 도망치는 것은 아니겠지요? 호호
호.

"……이만 끝내지."

담천이 눈살을 찌푸리곤 노리개에서 손을 뗐다.

어쨌든 세 번째 단계를 넘어섬으로 해서 진마들과도 승
부를 겨룰 수 있는 힘을 얻었다.

이제는 양화를 이용해 원수를 밝히는 것만 남았을 뿐이
었다.

'드디어!'

담천의 눈에서 불꽃이 일었다.

◉

생각보다 해명의 의술이 뛰어났는지 해륜은 이틀 만에
그런대로 움직일 수 있게 됐다.

담천이 해륜이 여인임을 알아차린 이후로 둘 사이는 서
먹서먹할 수밖에 없었다.

부상으로 누워 있는 동안은 지휘부의 배려로 따로 작은
막사를 얻을 수 있었던 탓에 담천과 해륜은 별로 얼굴을
마주할 일이 없었다.

한데 이틀 후에 해륜이 다시 막사로 돌아오자 상황이 난
처해졌다.

해륜으로서는 담천의 얼굴을 똑바로 바라볼 수 없었던 것이다.

자신의 속살을 보여 준데다, 응급 처치를 하면서 만지기 까지 했으니 여인으로서는 당연한 반응이었다.

게다가 그날 있었던 감정의 동요가 아직 해륜의 마음속 에서 사라지지 않고 있었다.

하지만 같은 막사에서 지내야 하니 서로 피할 수도 없는 노릇.

자꾸 마주칠 수밖에 없었고, 그때마다 얼굴을 붉히거나, 시선을 피하는 일이 반복되니 해명과 원무도 두 사람을 이 상한 눈으로 쳐다보게 되었다.

그러다 보니 무덤덤한 담천도 어색함을 느낄 수밖에 없 었다.

또한 그동안 조금은 모질게 대했던 것이 해륜이 여인이 라는 것을 알고 나니 어쩐지 미안했다.

계속되는 두 사람의 어색한 모습에 수상함을 느낀 해명 역시 담천을 곱지 않은 시선으로 바라보고 있었다.

분위기를 보아 분명 담천과 해륜 사이에 무언가 일이 있 었음이 틀림없다고 느낀 것이다.

해명은 혹시라도 담천이 사매에게 몹쓸 짓이라도 했다면 혼담이 오가는 정인이 있든 말든, 무슨 수를 써서라도 해륜을 책임지도록 만들겠다고 다짐했다.

　그러던 중 사흘째 되는 날 해륜이 잔뜩 긴장한 표정으로 막사 밖을 산책하던 담천에게 다가왔다.
　갑작스러운 해륜의 방문에 담천은 움찔할 수밖에 없었다.
　"저⋯⋯."
　해륜이 입을 열려다 말고 눈썹을 올렸다 내렸다 하며 잠시 망설였다.
　"흠. 저⋯⋯ 구해 주셔서 감사합니다. 사실, 진작 말을 해야 했는데⋯⋯ 그런 일도 있었고 해서⋯⋯."
　해륜이 부끄러움에 제대로 말을 하지 못했다.
　"무사하면 됐으니, 앞으로는 쓸데없이 나서지 마. 그리고 비밀은 지켜주도록 하지."
　담천은 무뚝뚝하게 한마디 던지곤 막사로 돌아갔다.
　해륜이 흔들리는 눈으로 담천의 뒷모습을 바라봤다.

☯

　고흥에 위치한 혈천의 본진.
　혈마가 머물고 있는 막사로 마인 하나가 급히 들어왔다.
　"혈제시여!"

마인은 들어서자마자 바닥에 오체투지했다.

겨우 열여섯 정도밖에 보이지 않는 소년의 모습을 한 혈마에게 반백의 머리를 한 장년인이 머리를 조아리는 모습이 몹시 이질적으로 느껴졌다.

"무슨 일이냐, 독룡?"

혈마가 감정 없는 목소리로 물었다.

독룡(毒龍) 황무.

혈천의 책사이자 이미 화경의 경지를 넘어선 독의 고수로 심성이 잔인하고 악독하여 강호인들이 가장 피하고 싶어 하는 인물 중 하나였다.

"척위경이 이끌던 흑풍대가 정도연합에게 거의 전멸에 가까운 피해를 입었다 합니다!"

"알고 있다."

황무가 움찔하며 슬쩍 혈마의 눈치를 살폈다.

하기야 그의 주인이라면 충분히 그러고도 남으리라.

"척위경과 마진이 죽었다."

황무가 놀란 눈으로 혈마를 바라봤다.

척위경과 마진은 둘 다 자신과 같은 마귀였다.

물론 황무보다는 그 실력이 떨어졌지만, 그들 둘을 해치웠다는 것은 적의 능력이 최소한 황무와 비슷하거나 그 이상이라는 이야기였다.

현재 중원에서 그런 능력을 가진 이들은 오직 천사궁과

수불도, 그리고 현경에 근접한 고수들밖에는 없다.

"그것도 한 놈에 의해서 말이지."

혈마의 한쪽 입꼬리가 슬쩍 위로 올라갔다.

"천사궁과 수불도가 개입한 것입니까?"

마귀들이 제일 두려워하는 존재가 바로 천사궁과 수불도의 제자들이었다.

"개입을 하긴 했으나 그들이 한 짓은 아니다."

황무의 안색이 딱딱하게 굳었다.

"그렇다면 대체 누가?"

서문광천이 직접 나서기라도 했단 말인가.

"후후, 재밌게도 나조차 놈의 존재를 파악하지 못했다. 한 가지 확실한 것은 놈이 마귀나 요마는 아니라는 것이다. 사용하는 기운이 특이할뿐더러, 인세에 존재할 수 없는 지극히 순수한 선기를 가지고 있었다. 거기다가 놈은 마귀와 권속들의 정기를 흡수한다."

"저, 정기를 흡수한다는 말씀입니까?"

"그래, 거기다 독특하게도 다른 자의 육신에 들어가 있더구나, 시간이 조금만 더 있었으면 놈의 정체를 알아낼 수 있었는데, 아쉽구나……."

혈마가 아쉬움에 입맛을 다셨다.

황무가 혼란스러운 표정으로 고민에 빠졌다.

마귀의 정기를 흡수할 수 있는 것은 오로지 마귀뿐이었다.

그러나 마귀가 선기를 지니고 있을 리는 없었다.

도무지 놈의 정체가 짐작도 가지 않았다.

게다가 선기를 지니고 있는 존재가 왜 마귀의 정기를 흡수한단 말인가.

그때 혈마가 무언가 결정을 내린 듯 만면에 미소를 띠운 채 자리에서 일어섰다.

"본진을 서안으로 움직여라! 장량을 도와 종남파를 친다!"

서문광천은 물론 정체불명의 괴인까지 혈마의 흥미를 자극했다.

무언가 피 냄새가 가득할 것 같은 즐거운 예감이 들었던 것이다.

혈마의 눈동자에 핏빛 소용돌이가 일기 시작했다.

"혈마가 있는 놈들의 본진이 움직였습니다!"

제갈명의 다급한 보고에 서문광천의 눈동자가 빛났다.

"어디로?"

"서안의 장량과 합류하려는 것 같습니다."

"종남파를 칠 생각이군……."

"그럴 가능성이 높습니다."

제갈명의 안색이 어두워졌다.

무려 오천오백에 달하는 병력과 맞서야 하는 상황이다.

게다가 혈마까지 버티고 있었다.

"놈들이 언제쯤 합류할 것 같나?"

"혈마가 비교적 여유 있게 움직이고 있기 때문에, 이틀에서 사흘 정도 걸릴 듯합니다."

서문광천의 미간에 주름이 생겨났다.

범이 서서히 먹잇감의 숨통을 조이듯 혈마는 이 상황을 즐기고 있는 것이다.

마치 이미 이겼다고 확신하고 있는 모습이 서문광천으로서는 불쾌할 수밖에 없었다.

"점창과 청성에서는?"

"합해서 육백 정도의 병력이 오늘 중으로 합류할 것입니다."

그래 봐야 정도연합 측의 병력은 사천이 조금 넘는다.

이제 오히려 병력까지 열세에 놓이게 된 것이다.

"아무래도 혈마가 나선 이상, 책략을 쓰기보다는 힘으로 밀고 들어올 확률이 높겠군."

"그렇습니다."

혈마는 스스로의 강함을 드러내는 것을 즐긴다.

게다가 항상 더 많은 피를 갈구하는 그이기에 자기편이든 상대편이든 많은 인원이 죽어 나가는 것을 바랄 것이다.

"전력이 뒤지는 상황이니, 산세를 이용한 매복 작전은 어떻겠습니까?"

제갈명이 조심스럽게 물었다.

"놈들 중에 짐승들을 부리는 자가 존재하는 이상 산은 오히려 불리할 수도 있어. 자칫 혼란 중에 각개격파 당할 가능성이 높아."

산에서 매복을 하려면 그러지 않아도 열세인 인원을 나눠서 운용해야 한다.

게다가 마귀나 권속들이 혈천의 무리와 합류했다는 것이 밝혀졌다.

놈들의 술법을 막아 낼 만한 이들이 많지 않은 상황에서 공지나 원무, 해륜이 정도연합 측 무사를 보호하려면 되도록 한군데에 집결해 있는 편이 나았다.

"하지만 그렇게 되면……."

제갈명이 말꼬리를 흐렸다.

결국 이렇게 되면 정면 승부를 해야 하는 상황이었다.

서문광천의 무공이 대단하다고는 하지만, 혈마 역시 만만치 않은 실력을 가지고 있었다.

그렇다면 나머지 병력에서 천 명이 넘는 차이를 극복할 만한 무언가가 있어야 했는데, 현재로서는 불가능한 이야기였다.

"방법은 결국 하나밖에 없겠군. 우리가 먼저 공격하는 수밖에."

서문광천의 말에 제갈명이 깜짝 놀란 얼굴로 급히 말했다.

"그것은 무리입니다. 지금이야 혈마가 천천히 움직이고 있지만, 만일 우리가 서안으로 진격해 간다면, 놈들의 본진도 속도를 높일 것입니다. 결국 전면전이 되고 말 것입니다. 아니, 자칫 뒤를 잡히게 되면 퇴로까지 막힐 수도 있습니다!"

오히려 진영에서 방어전을 펼치는 것만도 못한 결과를 가져올 것이다.

"놈들이 우리의 움직임을 모르도록 하면 될 터."

제갈명의 표정이 변했다.

"서, 설마 별동대를 운용하시려는 것입니까?"

"그렇다. 혈마가 서안의 병력과 합류하기 전에 치고 빠지면서 놈들의 전력을 줄여 줄 수만 있다면, 우리도 해볼 만한 싸움이 되겠지."

제갈명은 회의적인 표정을 지었다.

물론 뜻대로만 된다면야 서문광천의 말처럼 해볼 만한 싸움이 될 것이다.

하지만 마귀와 권속이 있는 놈들에게 피해를 주기 위해서는 최소한 화경에 근접한 고수들이 움직여야 했다.

현재 진영 내에서 그만한 능력을 갖춘 고수들의 숫자는 채 스무 명도 되지 않았다.

게다가 대부분은 각 문파와 가문의 수장들이다.

그들이 움직인다면 이미 별동대가 아니라 정도연합군 전부가 움직이는 것과 같다.

그렇게 되면 놈들은 본진을 공격하기보다는 별동대를 잡으려 할 것이다.

별동대만 잡으면 승리한 것과 마찬가지이기 때문이다.

"정찰대 임무에서 공을 세운 담천과 담씨세가 일행을 움직일 생각이네."

서문광천의 눈동자가 차갑게 빛났다.

이번 임무를 통해 과연 담천이 검은 기류 괴인과 관계가 있는지, 혹은 숨겨 놓은 비밀이 있는지 확인하려는 것이다.

목숨이 왔다 갔다 하는 상황 속에서도 자신의 정체를 숨긴다는 것은 쉽지 않은 일이다.

한계까지 몰리다 보면 결국 파탄이 드러나게 될 것이 분명했다.

"어찌 이런 위험한 일을 담씨세가에만……."

반발이 있을 것이 분명했다.

"물론, 그들만 보내서는 안 되지. 제혁이와 서문세가도 참여시킬 것이네."

제갈명의 눈이 튀어나올 듯 커졌다.

서문제혁은 서문세가의 후계자.

또한, 남궁영재와 더불어 가장 강력한 차기 벌주 후보였다.

비록 워낙 뛰어난 남궁영재에 가려진 면이 있었으나, 서른여섯에 불과한 나이로 이미 화경의 경지에 오른 천재였다.

서문광천이 자신의 아들을 별동대에 참여시킨다면, 그 누가 반발할 수 있겠는가.

"서문 공자께서 직접 별동대를 이끄신다면, 분명 정도연합의 사기도 크게 오를 것입니다!"

제갈명이 고개를 깊숙이 숙여 서문광천의 결단에 탄복했다.

자신의 아들을 사지로 내보내는 것은 결코 아무나 할 수 있는 일이 아니다.

어찌 보면 냉혹하기까지 한 결정이었지만 지도자로서는 존경받을 만한 솔선수범이자 희생이었다.

"지원자도 받게. 물론, 실력이 떨어져서는 안 되겠지."

이렇게 별동대의 운용이 결정되고, 각 가문과 문파에서 지원자를 선발했다.

물론, 담씨세가에는 제갈명이 직접 찾아 서문광천의 명을 전했다.

서문광천의 뜻을 전달받은 담씨세가는 처음에는 강력히 반발했으나, 서문제혁과 서문세가의 무사들도 함께 참여한다는 소리를 듣고 어쩔 수 없이 명에 따르기로 결정을 내렸다.

서문광천이 자신의 아들까지 참여시키는 마당에 담씨세가가 거절하게 된다면 명분도 없었고, 강호인들에게 겁쟁이라 조롱을 당하게 될 것이기 때문이다.

담천은 고민에 빠졌다.

서문광천의 의도가 의심스러웠기 때문이다.

물론 그들의 말처럼 해륜이나 원무가 필요해서일 수도 있었으나, 막사에서의 분위기도 그렇고, 서문광천이 어떤 이유로든 담천이나 담씨세가를 주시하고 있는 것이 분명했다.

'나에 대해 의심을 하고 있는 것이 분명해…….'

지금까지의 상황을 보아 담씨세가보다는 담천에게 그 초점을 맞추고 있을 가능성이 컸다.

자칫 실수라도 하는 날이면 서문광천에게 정체가 드러날 수도 있는 것이다.

하지만 담천에게는 믿는 구석이 있었다.

세 번째 단계를 넘어서면서 암혼기를 안으로 갈무리할 수 있게 된 것이다.

게다가 확인한 결과 천혜린의 말과는 다르게 밖으로 발출한 암혼기의 색깔은 투명하기 그지없었다.

일반 무인들이 사용하는 기운과 겉보기에는 전혀 차이가 없었던 것이다.

겉으로 표시 나지 않게 암혼기를 사용할 수 있는 이상 오히려 이번 임무야말로 다른 사람의 눈에 띄지 않게 암혼기의 사용을 조절하는 법을 익힐 좋은 기회였다.

'어차피 서문광천이 함께 가는 것도 아니고, 내가 조심만 한다면 특별히 정체가 들킬 일은 없을 거야.'

어쩐지 자신감이 들었다.

결정을 내린 담천은 담일중과 담일혁의 만류에도 불구하고 원무, 해명, 장두와 함께 별동대에 참여하게 되었다.

의외였던 것은 해명의 참여였다.

담천은 굳이 해명을 참여시키려 하지 않았음에도 스스로 나선 것이다.

해륜이 부상당했으니 그 원수를 갚겠다며 나서는 것을 막을 수 없어 결국 함께 가기로 결정하고 말았다.

사실 해륜보다 훨씬 실력이 뛰어날 것이 분명한 해명의 참여는 담천으로서는 오히려 환영할 일이었다.

정도연합 진영 입구에 도착해 보니 제갈명이 이미 나와서 별동대원들을 하나하나 확인하고 있었다.

'서문제혁……'

담천의 시선이 서문세가의 장남인 서문제혁의 얼굴을 향했다.

초유벽이던 시절 가끔 인사를 나눴던 기억이 떠오른 것이다.

그는 아버지 서문광천을 닮아 무뚝뚝하고 조금은 독선적인 성품을 가진 자다.

물론 그렇다고 다른 사람을 업신여긴다거나 함부로 대하지는 않았지만, 은연중에 보이는 기도나 표정을 통해 초유벽이던 담천을 탐탁지 않게 여기고 있다는 것을 느끼곤 했다.

하기야 서문세가에서 초유벽을 좋게 여긴 이는 서문유향과, 그의 오빠이자 둘째 아들인 서문동혁밖에 없었으니, 꼭 서문제혁을 욕할 일도 아니었다.

그래도 최소한 서문제혁은 초유벽을 함부로 대하거나 대놓고 욕을 하진 않았기 때문이다.

'응?'

그때 담천의 눈에 익숙한 얼굴이 들어왔다.

바로 설소령이었다.

설소령 역시 담천을 바라보고 있었다.

아마도 아직 의심이 풀리지 않은 듯했다.

'골치 아프게 됐군.'

담천이 눈살을 찌푸리곤 고개를 돌렸다.

"오, 저 여인은 누군가? 참으로 아름답군그래!"

해명이 설소령을 발견하고는 탄성을 토해 냈다.

[뭐, 우리 사매만은 못하지만.]

순간 고개를 획 돌린 해명이 담천의 귀에 속삭였다.

갑작스런 해명의 행동에 담천이 당혹스러운 표정을 지었다.

아직도 무언가 오해를 하고 있는 것이 분명했다.

"어찌 정혼자를 놔두고…… 쯧쯧. 내 이 두 눈으로 똑똑히 지켜볼 것이니 쓸데없이 한눈팔지 마시오, 후후후."

해명이 눈을 가늘게 뜨며 담천을 노려봤다.

"한눈팔지 마시오, 후후후!"

그 모습이 재밌는지 장두가 얼른 해명을 따라 했다.

두 거구가 얼굴을 들이대며 담천을 노려보는 모습이 어찌 보면 살벌하기도 하고, 어찌 보면 우스꽝스럽기도 했다.

한숨을 내쉰 담천이 모른 척 고개를 돌렸다.

별동대는 총 백 명으로 구성되었다.

어찌 보면 적다고 볼 수도 있는 인원이었으나, 그 면면을 보면 결코 그렇게 느낄 수가 없었다.

우선 별동대의 대장인 서문제혁을 필두로 서문세가의 가주호위대 서른 명이 참여하고 있었다.

이들은 모두 절정을 넘어선 고수들이었으며 그중 다섯은 초절정을 넘어선 무사들이었다.

담씨세가에서도 최우, 방혁을 비롯해 천혜린이 데려온 무사들 중 절정을 넘어선 열두 명의 무사가 함께하고 있었다.

검각에서도 소검후 설소령과 절정을 넘어선 열 명의 무사가 지원했다.

또한, 주인의 입장인 종남파에서도 초절정을 넘어선 장로 두 명과 일대 제자 열 명이 참여하고 있었다.

정찰대에서 가문의 후계자를 잃은 사천당문은 아예 당문 오성 중 나머지 세 명과, 독룡대 스무 명이 복수를 위해 출전했다.

마찬가지 이유로 아미파에서도 장로 두 명과 아미파의 자랑이라 할 수 있는 아미 오검을 직접 참여시켰다.

실로 웬만한 문파는 쓸어버리고도 남는 전력인 것이다.

담천이 별동대의 면면을 확인하고 있을 때, 서문광천이 나타났다.

별동대는 긴장한 표정으로 서문광천의 등장을 바라봤다.

서문광천은 그야말로 차원이 다른 존재감을 드러내고 있

었다.

마치 세상에 오직 혼자만 존재하고 있는 듯 서문광천 주위의 사물과 사람들은 그 무게감을 찾아볼 수 없었다.

성큼 걸어온 서문광천이 별동대 앞에 섰다.

범 같은 눈으로 별동대원들을 한 번 훑어본 그가 무겁게 입을 열었다.

"자네들의 활약에 따라 이번 전쟁의 승패가 달려 있네! 비록 목숨을 장담할 수 없는 어려운 임무지만 가족과 문파의 안위가 그대들의 손에 달려 있음을 잊지 말고 최선을 다해 주게!"

서문광천의 힘 있는 목소리가 모두의 각오를 단단하게 했다.

그만큼 대원들 역시 이번 임무의 위험성과 중요성을 잘 알고 있었다.

서문광천은 직접 대원들 한 명 한 명의 손을 맞잡고 무운을 빌었다.

그 비장함이 별동대 전체의 가슴을 끓어오르게 했다.

"출발하라!"

단출한 출정식을 마친 별동대가 서문제혁의 명에 따라 정도연합 진영을 나섰다.

5장
별동대

별동대는 진령산맥을 타고 서안 근처로 움직였다.

움직이는 내내 서문제혁은 경직된 표정을 풀지 않았다.

그 모습은 마치 아버지 서문광천의 모습을 흉내 내기 위해 억지로 애쓰는 듯 느껴졌다.

사실, 그가 받는 압박도 상당할 것이다.

벌주의 장남이자 서문세가의 후계자로, 아버지는 천하제일인.

거기다 경쟁자인 남궁영재는 스무 살 중반에 이미 화경을 바라보고 있는 천재 중의 천재였다.

항상 아버지와 남궁영재 사이에서 비교당하며 자신의 자리를 지키기 위해 보이지 않는 전쟁을 치루고 있는 것이다.

조금의 빈틈이라도 허용하게 되면 한순간에 나락으로 떨어지게 될 것이 분명했기에 그의 경직되고 조금은 독선적인 성격을 탓할 수도 없는 노릇이었다.

별동대의 첫 번째 목표는 혈천의 정찰대였다.

적의 정찰대를 제거하는 것이야말로 별동대의 움직임을 숨기기 위해 가장 필요한 일이었기 때문이다.

일전의 경험으로 보아 놈들은 대부분 권속들로 구성되어 있었다.

신속하게 놈들을 제거하기 위해서는 초절정 이상의 무인들이 나서야 했다.

정찰대의 움직임을 감지하는 역할은 서문제혁이 맡았다.

화경의 고수이니 놈들의 움직임을 멀리서도 알아차릴 수 있었기 때문이다.

의외였던 것은 해명이었다.

그는 나무로 만든 괴상한 붉은 나침반을 꺼내어 놈들의 움직임을 찾아냈는데, 오히려 서문제혁 보다도 빨리 놈들을 알아차려서 사람들을 놀래켰다.

담천의 예상처럼 아무래도 해륜보다는 훨씬 많은 천사궁의 비전을 익힌 것이 분명했다.

이들 두 사람의 활약으로 혈천의 정찰대는 아무런 피해 없이 쉽게 제거할 수 있었다.

진령산맥을 타고 서안 근처에 다다른 별동대가 움직임을 멈췄다.

멀리 서안성의 거대한 성벽이 시야에 들어왔다.

혈천의 무리는 서안성 입구 바깥쪽에 진을 치고 있었다.

굳이 서안성 안이 아닌 외곽에 진영을 마련한 것은 아무래도 관과의 충돌을 최소화하기 위함일 것이다.

제아무리 혈천이라 해도 정도연합을 눈앞에 두고 또 다른 적을 만들 정도로 어리석지는 않았다.

"거리가 족히 이백 장은 되어 보이는군."

서문제혁이 놈들의 진영까지의 거리를 가늠해 보곤 눈살을 찌푸렸다.

그 사이는 몸을 숨기기가 여의치 않은 들판이었다.

이대로 돌진한다면 놈들에게 금방 발각되고 말 것이다.

그때 사천당문이 나섰다.

"첫 기습은 우리 당문이 앞장서겠소. 칠보단혼산과 유령독시를 이용해 놈들에게 감히 당문을 건드린 대가가 어떤 것인지 똑똑히 보여 줄 것이오!"

당문오성의 첫째 당혁이 분노에 찬 얼굴로 손바닥만 한 활과 묵빛이 나는 철시(鐵矢)를 들어 보였다.

이것이 바로 당문이 자랑하는 유령독시였는데, 철로 만들어진 활대에 교룡의 힘줄을 엮어 만든 줄을 연결하여 강력한 힘으로 철시를 쏘아 내는 무기였다.

철시는 귀한 현철로 만들어져, 짧지만 무겁고 단단해 바람의 영향을 거의 받지 않으며 관통력이 뛰어났다.

칠보단혼산은 당문을 대표하는 독으로, 이 독에 당하게 되면 일곱 걸음 안에 목숨을 잃는다는 강호에도 널리 알려진 극독이었다.

주로 음식에 넣거나 암기에 묻혀서 사용하는데, 유령독시와 칠보단혼산이 만나면 그야말로 무시무시한 무기가 되는 것이다.

"물론, 당문이 나서 준다면야 그보다 더 든든한 일은 없을 것이오. 한데 이 먼 거리에서 유령독시가 통하겠소?"

서문제혁이 미심적은 얼굴로 말했다.

이러한 은밀한 매복 공격에 있어 당문은 가히 강호 제일이라 할 수 있었다.

강호에서 사천당문을 두려워하는 이유도 바로 그들과 척을 지고는 언제 어디서 쥐도 새도 모르게 목숨을 잃게 될지 모르기 때문이었다.

밥 먹을 때나, 잠잘 때, 심지어는 뒷간에서조차도 항상 불안에 떨며 살아야 하는 것이다.

하지만 유령독시가 아무리 뛰어난 암기라 해도 장궁이나 각궁으로도 어림없는 거리를 어찌 손바닥보다 조금 큰 활이 가능하단 말인가.

"당연히 여기서는 불가능하오. 유령독시가 효과를 발휘

하려면 오십 장 정도의 거리까지 접근해야 하오. 하지만, 우리에겐 놈들에게 접근할 묘책이 있소. 대신 상당한 시간과 인내심이 필요한 일이오."

당혁의 눈을 빛내며 말했다.

"암영포(暗影包)를 가져와라!"

당혁이 함께 온 독룡대원에게 명하자 그가 칠흑 같이 검은 천 하나를 들고 왔다.

"이것은 암영포라는 것으로 빛을 흡수하는 특이한 물건이오. 밤에 이것을 머리에 뒤집어쓰면 어둠 속에 감쪽같이 숨을 수 있소. 달이 지길 기다려 암영포를 쓰고 조심스럽게 접근한다면 놈들도 알아차리지 못할 것이오."

당혁의 표정에서 암영포에 대한 자부심이 느껴졌다.

"기척만 숨기면 눈치채긴 힘들겠군."

경계병의 기감이 뛰어나 봤자 거기서 거기일 테지만 항상 최악의 상황을 대비해야 했다.

조금의 방심도 별동대의 전멸과 직결되기 때문이었다.

"그렇소. 해서 인내심과 시간이 필요하다는 것이오. 우리 당가야 워낙에 이런 종류의 일들에 익숙하지만, 다른 분들은 그렇지 못할 것이오."

귀식대법이라든지 은영술, 기척을 죽이는 경신법 등에서 당문은 상당히 특화되어 있었다.

살수들조차도 당문의 은신술과 용독술에는 한 수 접어

줘야 할 정도였다.

하니 당문의 무사들에게 놈들의 진영 근처 오십 장 거리까지 접근하는 것은 일도 아닌 것이다.

"여기 있는 이들은 모두 최하 절정을 넘어선 고수들이오……."

말을 하던 서문제혁이 담천 일행을 바라보며 눈살을 찌푸렸다.

생각해 보니 담천과 원무, 해명, 장두는 무공이 그리 뛰어난 편이 못되었던 것이다.

"아! 우리는 걱정 마시오. 내가 술법으로 해결할 수 있소. 절대 놈들이 발견하지 못할 것이오, 후후후."

"후후후."

해명이 가슴을 탕탕 치며 자신하자 장두가 나란히 따라했다.

혈천의 정찰대를 처리하며 이미 해명의 실력을 확인한 터라 서문제혁도 고개를 끄덕였다.

"혹시 술법으로 별동대 전부를 숨길 수 있소?"

"그것은 무리요. 사부님께서 직접 나서신다면 모를까, 나로서는 최대 서른 명 정도까지가 한계요."

사실 이것만 해도 대단한 일이었다.

혹자들은 진을 설치하면 될 것이 아닌가라고 생각하겠으나, 진은 고정된 장소에 작용하는 것이다.

움직이는 서른 명의 인원을 적의 시야에서 사라지게 하는 술법은 그것과는 비교도 안 되는 상당한 도력과 내력이 필요했다.

아쉬움에 입맛을 다시던 서문제혁의 시선이 있는 듯 없는 듯 조용한 담천에게 멈춰 섰다.

'담천이라……'

그의 아버지 서문광천이 특별히 지켜보라 명했던 것이 기억났다.

그 누구도 아닌 서문광천의 관심을 받는 인물이다.

이 강호에서 서문광천이 관심을 가질 만한 인물이 과연 몇 명이나 되겠는가.

'주화입마를 당해 무공도 약하고, 그렇다고 가문이 대단한 것도 아니고…… 아버지께선 대체 무엇 때문에 저자에게 관심을 보이는 것인가.'

별동대에 참여시킨 것 자체가 의문스러웠다.

담천의 실력으로는 다른 이들에게 짐만 될 것이기 때문이었다.

하지만 서문광천이 괜히 담천을 주시하는 것이 아님을 그도 잘 알고 있었다.

그의 아버지는 작은 행동 하나에도 다 이유가 있는 사람이었다.

'분명 무언가 있다는 이야긴데……'

서문제혁은 말없이 시선을 돌렸다.

"그럼 달이 질 때까지 기다렸다 움직이는 것으로 하겠소. 우선 사천당가가 선공을 맡아서 놈들의 시선을 끌어주시오. 나머지 인원은 우측에 보이는 구릉에 숨어 있다가 놈들이 당문의 공격에 정신이 팔려 있을 때 옆구리를 칠 것이오. 마귀나 권속이 나타났을 시에는 담씨세가에서 나서 주기 바라오. 마지막으로 내가 퇴각 신호를 내리면 모두 공격을 중지하고 후퇴하시오."

일단 사천당문은 선제공격을 한 후 산 쪽으로 후퇴해서 혈천의 무리를 유인하고, 그 틈을 노려 본대가 놈들의 측면을 친다는 전략이었다.

담씨세가는 마귀와 권속들을 상대하는 일, 그리고 별동대의 퇴로를 확보하는 일을 책임지기로 했다.

"일단 최대한 피해를 주기 위해서는 당가의 활약이 중요하오. 잘 부탁드리오."

"믿으셔도 됩니다, 놈들에게 지옥이 어떤 것인지 똑똑히 보여 줄 것이오!"

당혁이 이를 부드득 갈며 이야기했다.

☯

삼경이 지난 시간.

백 명의 검은 그림자들이 어둠 속을 천천히 움직이고 있었다.

바로 암영포를 둘러쓴 별동대였다.

완벽하게 어둠에 동화된 그들의 움직임은 마치 바람에 흔들리는 갈대처럼 자연스러웠다.

어느새 사천당문의 무사들은 혈천 진영에서 오십 장 거리에 도달해 공격 준비를 하고 있었다.

구릉에 도착한 별동대원들이 자리를 잡고 당문의 공격을 기다렸다.

담천과 담씨세가 일행 역시 어느새 구릉에 올라와 있었다.

서문제혁의 눈에 이채가 일었다.

함께하던 별동대조차도 그들의 움직임을 알지 못했을 정도로 해명의 술법이 뛰어났던 것이다.

사실, 담씨세가의 무사들은 해륜의 술법 덕분에 편안히 걸어서 구릉까지 올 수 있었다.

담천 일행에게 그나마 고생이라고 할 만했던 것은 자꾸 엉뚱한 데로 움직이려는 장두를 끌고 오는 일뿐이었으니, 숨소리조차 죽이며 거의 기어 오다시피 한 다른 대원들이 이 사실을 안다면 몹시 억울해할 것이 분명했다.

잠시 담천과 그 일행을 바라보던 서문제혁이 당문의 무사들이 있는 쪽으로 다시 시선을 돌렸다.

확인을 할 수는 없었으나 아마도 지금쯤 공격을 준비하고 있을 것이다.

혈천의 진영 밖에는 약 오십 명 정도의 무사들이 방책 주변을 돌며 경계를 서고 있었다.

진영의 크기를 생각하면 비교적 적당한 인원이었으나, 그다지 긴장감이 느껴지지 않았다.

놈들의 정찰대가 당한 것을 아직 모르고 있는 듯했다.

별동대에게는 다행이라 할 수 있었다.

휘이이이이!

놈들의 진영을 확인한 서문제혁이 손가락을 입에다 가져다 대고 길게 휘파람을 불었다.

자신들이 자리를 잡았다고 당문에게 알리는 것이다.

순간 신호를 받은 당문의 무사들이 유령독시를 날렸다.

슈슈슈슈슉!

묵빛 유령독시가 어둠 속을 뚫고 경비 무사들을 덮쳤다.

검은색 철시는 어둠과 동화되어 그 모습을 눈으로 확인하는 것이 불가능했다.

오직 바람을 가르는 파공성만이 유령독시의 존재를 알려주었다.

경비 무사들이 파공성을 듣고 고개를 돌렸을 때는 이미 유령독시가 그들을 관통하고 있었다.

퍼퍼퍼퍽!

스물세 발의 유령독시가 경비들을 덮쳤다.

"커헉!"

"으악!"

"뭐, 뭐냐!"

"기습이다! 적이다!"

순식간에 스물세 명의 경비 무사가 유령독시에 쓰러졌다.

당황한 무사들의 고함 소리가 조용하던 진영을 깨웠다.

슈슈슈슈슉!

두 번째 유령독시가 허공을 뚫고 다시 경비 무사들을 덮쳤다.

"피해라!"

"화살이다! 조심해라!"

하지만 어둠 속에 가려진 묵빛 유령독시는 눈으로 쉽게 확인할 수가 없었다.

유령독시의 무서운 점이 바로 이것이었다.

보이지 않는 화살을 어찌 피하겠는가.

다시 열아홉 명의 경비 무사가 독시를 피하지 못하고 쓰러졌다.

진영의 입구가 열리며 마인들이 쏟아져 나왔다.

슈슈슈슉!

동시에 세 번째 독시가 날아왔다.

"크악!"

"끄윽!"

다시 십여 명의 마인들이 독시에 쓰러지자 마인들의 움직임이 주춤했다.

그때 쓰러진 시체들이 녹아내리기 시작했다.

"도, 독이다!"

혈천의 마인들은 혼란에 빠졌다.

화살이 보이지도 않는데다 쓰러진 시체들이 녹아내리는 것을 보니 두려움이 생겼던 것이다.

"멍청한 놈들! 화살의 개수가 많지 않은 것으로 보아 놈들은 소수에 불과하다! 두려워하지 말고 놈들을 잡아라! 움직이지 않는 놈은 내가 직접 목을 칠 것이다!"

그때 거대한 참마도를 빼어 든 사내가 마인들에게 호통을 쳤다.

사내의 엄포에 정신을 차린 수백 명의 마인들이 들판을 가로질러 당문 무사들을 향해 달려왔다.

"한 번만 더 쏘고 곧장 후퇴한다!"

슈슈슈슈슉!

세 번째 유령독시가 선두에 선 마인들을 덮치는 순간 당문의 무사들이 몸을 일으켜 달아났다.

"놈들이 도망친다! 놓치지 마라!"

이미 팔백여 명이 넘게 늘어난 마인들이 비호처럼 당가의 무사들을 뒤쫓았다.

그 선두에는 참마도를 든 사내와 사슬낫을 휘두르는 꼽추 노인이 빠른 속도로 당문과의 거리를 좁히고 있었다.

"단혼사(斷魂沙)를 던져라!"

당혁의 명에 따라 독룡대가 뒤쪽으로 손을 뻗어 냈다.

동시에 검은 모래가 마인들의 선두를 덮쳤다.

단혼사는 당가가 자랑하는 암기 중 하나였다.

일종의 독 모래로 독기가 강해 몸에 닿는 즉시 살을 파고들어 모든 것을 녹인다.

"흥, 어림없다!"

후우우웅!

꼽추 노인과 참마도 사내의 몸에서 붉은 기운이 뿜어져 나오자 놀랍게도 독룡대가 던진 단혼사가 불꽃과 함께 흩어져 버렸다.

어느새 당문과 그들의 거리는 이십여 장 정도로 좁혀져 있었다.

"이놈들 드디어 잡았다!"

참마도 사내의 얼굴에 회심의 미소가 걸린 순간이었다.

"우와아아아!"

"혈천의 악도들을 심판하라!"

커다란 함성과 함께 구릉에 숨어 있던 별동대가 마인들

의 후미를 공격했다.

"크악!"

"아악!"

"또 다른 패거리가 있다!"

갑작스런 별동대의 기습에 당황한 혈천의 마인들은 혼란에 빠졌다.

혼란에 빠진 그들의 머리 위로 별동대의 검이 인정사정 없이 떨어져 내렸다.

별동대 한 명, 한 명이 절정을 넘어선 고수.

그들의 손이 움직일 때마다 마인들이 추풍낙엽처럼 쓰러졌다.

서문제혁의 무위는 대원들 중에서도 단연 발군이었다.

강기를 두른 검이 한 번 휘둘러질 때마다 마인들은 서너 명씩 목이 날아갔다.

검과 도마저 토막 내 버리는 서문제혁의 무시무시한 신위에 두려움을 느낀 마인들이 주춤주춤 물러서는 사이 나머지 별동대원들이 그들 사이로 파고들었다.

우왕좌왕하는 마인들을 별동대는 도륙했고, 반 각도 안되어 혈천은 백오십이 넘는 사상자를 내야 했다.

한편 담천과 일행은 별동대의 후미 쪽에서 움직이고 있었다.

그들의 역할은 공격을 보조하고 퇴로를 확보하는 일이었다.

후미라곤 해도 이미 마인들 틈에 파고든 상태에서 위험하기는 마찬가지였다.

담천 역시 검을 휘두르며 위태롭게 마인들과 맞섰다.

마인들의 검과 도가 사방에서 날아들었지만 담천은 아슬아슬하게 그들의 공격을 피해 냈다.

가끔 마인들의 공격이 스치고 지나가며 상처가 생기기도 했지만, 겉보기와 달리 담천은 무척 여유로운 상태였다.

암혼기를 조금씩 늘려 가며 조절법을 시험하고 있었기 때문이다.

단지 너무 뛰어난 실력을 보이게 되면 다른 이들이 의심할 것이 분명했기에 적당히 상대하고 있을 뿐이었다.

설소령이 담천의 움직임을 유심히 살피고 있었기에 더욱 힘을 드러내지 않도록 조심해야 했다.

놀랍게도 담천의 일행 중 가장 뛰어난 신위를 보이고 있는 것은 장두였다.

장두는 해명과 원무를 지키면서 달려드는 마인들을 상대했는데, 마인들의 날카로운 검과 도가 장두에게는 상처조차 내지 못했다.

반면 장두의 주먹이 움직일 때마다 마인들은 달려들던

속도의 몇 배로 튕겨 나가야 했다.

덩치만 큰 짐덩이라고 생각했던 대원들은 장두의 활약에 경악할 수밖에 없었다.

'마귀군!'

그때 담천의 눈이 빛났다.

담천은 즉시 명륜안을 이용해 주위를 살폈다.

"이놈들!"

혈천의 무리 앞쪽에서 참마도를 든 사내와 꼽추 노인이 살기를 뿜어내며 별동대를 향해 달려오고 있었다.

해명도 놈들을 느꼈는지 즉시 그 사실을 서문제혁에게 알렸다.

"마귀들이오!"

고개를 돌린 서문제혁의 시야에 꼽추 노인과 참마도를 든 사내가 보였다.

얼핏 느껴지는 기도로 보아 무공만 해도 서문제혁 못지 않은 이들이었다.

"후퇴한다! 담씨세가는 퇴로를 확보해 주시오!"

서문제혁은 망설임 없이 즉시 후퇴 명령을 내렸다.

무리해서 놈들과 부딪히게 되면 별동대는 순식간에 포위당하게 될 것이다.

이미 소귀의 목적을 달성한 이상 쓸데없는 호승심에 대

원들을 위험에 빠뜨릴 수는 없었다.

서문제혁의 명에 따라 별동대가 방향을 돌려 달아나기 시작했다.

동시에 해명과 원무가 술법을 시전했다.

"화벽(火壁)!"

해명이 부적을 던져 내며 진언을 외우자 무려 높이가 삼장에 이르는 거대한 화염의 방벽이 마인들을 막아섰다.

해륜이 펼쳤던 화벽과는 차원이 다른 위력이었다.

"부처의 손바닥이 모든 악을 누른다! 제마반선장(劑魔盤禪掌)!"

동시에 원무가 미간을 찡그리며 법문을 외우자, 하늘에서 거대한 황금빛 손바닥이 나타나 혈천의 머리 위로 떨어져 내렸다.

콰아아앙!

하늘에서부터 찍어 누르는 엄청난 압력에 수십 명의 마인들이 땅바닥에 주저앉았다.

"수불도와 천사궁 놈들이구나!"

참마도의 사내가 이를 갈며 소리쳤다.

술법에 의해 혈천 마인들의 움직임이 주춤한 사이 별동대는 재빨리 몸을 빼냈다.

콰아아아앙!

폭음과 함께 해명이 펼친 화벽이 흩어졌다.

어느새 도착한 참마도의 사내가 술법을 깨뜨린 것이다.

동시에 다시 마인들의 추격이 시작되었다.

"활(活)!"

그때 해명이 다시 한 번 진언을 외쳤다.

순간 별동대와 마인들 사이에 아지랑이가 피어오르더니 갑자기 마인들이 우왕좌왕하기 시작했다.

"이런! 진법이다!"

참마도의 사내가 일그러진 얼굴로 소리쳤다.

어느새 해명이 진법을 발동시킨 것이다.

사실 구릉으로 움직이면서 미리 들판에 진을 펼쳐 놓은 상태였다.

시간이 촉박했던 터라 그다지 강력한 위력을 가지고 있지는 않았으나 달아날 시간을 벌기엔 충분했다.

혈천의 추격대가 진을 깨고 나왔을 때는 이미 별동대가 진령산맥에 들어서고 있었다.

"놓치지 마라!"

참마도의 사내가 마인들을 독려해 추적하려는 것을 꼽추 노인이 막았다.

"그만! 산에는 놈들의 함정이 있을 수도 있네. 전열을 정비해 다시 추적대를 구성하도록 하지."

"젠장!"

꼽추 노인의 말에 참마도의 사내가 분통을 터뜨리며 추

적을 멈췄다.

진령산맥으로 들어선 별동대는 당문의 무사들과 합류해 안전한 곳을 찾아 움직였다.

임무는 대성공이었다.

무려 삼백 명에 가까운 마인들을 죽였고, 부상자까지 합하면 사백이 넘는 인원을 전투불능 상태로 만들었다.

반면 별동대의 피해는 극히 미미하여, 사망자는 없고, 열두 명의 부상자만 나왔을 뿐이었다.

별동대는 일단 다음 행동에 대해 의논하기 위해 혈천 진영에서 그리 멀리 떨어지지 않은 곳에 은신처를 마련했다.

해명은 진을 설치해 은신처의 위치를 혈천의 추격대로부터 숨겼다.

서문제혁은 다시 한 번 담천 일행의 능력에 감탄했다.

동시에 그만큼 경계심도 늘어났다.

'대체 저런 자들이 왜 담천과 어울린단 말인가.'

이번 기습에서 해명과 원무가 보여 준 능력은 그가 상상했던 것 이상이었다.

거기다 왜 데려왔는지조차 알 수 없었던 장두는 그야말로 괴물이라 할 만한 존재였다.

그런 자들이 담천을 따른다는 것은 분명 담천에게 무언가가 특별한 것이 있다는 이야기였다.

하지만 아무리 지켜봐도 특별한 점이 보이지 않았다.

무공도 그저 평범했다.

아니, 오히려 별동대에 들기에는 모자란 실력을 가지고 있다고 하는 것이 맞았다.

그렇다고 특별히 영특해 보이지도 않았고, 사람들을 끌어들이는 매력을 가지고 있지도 않았다.

'아버지께서 왜 저자를 지켜보라고 했는지 알겠군!'

이제야 서문광천이 그토록 담천에게 관심을 보이는 이유를 알 것 같았다.

그는 당분간 더욱 담천에 대해 주의를 기울여야겠다 생각했다.

한편 설소령 역시 담천을 유심히 관찰하고 있었다.

그녀는 담천이 검은 기류 괴인일지도 모른다고 의심하고 있는 상태였다.

담천이 마인들을 상대할 때도 지켜봤지만 검은 기류 괴인과 연관시킬 어떤 것도 찾을 수 없었다.

그나마 독특하게 붉은색을 띤 검이 특이하긴 했으나, 괴인은 온통 검은 기류로 덮인 검을 사용했기에 같은 검인지 알 수 없는 상황이었다.

이쯤 되면 포기할 만도 하건만 설소령은 쉽게 의심을 떨쳐 내지 못했다.

두 사람의 시선을 잘 알고 있었지만, 담천은 전혀 내색하지 않았다.

어차피 지금 상황에서 그들이 담천에 대해 알 수 있는 것은 아무것도 없었기 때문이다.

"근데, 설 소저는 왜 담 공자를 자꾸 쳐다보는 거요? 혹시 둘이 무슨 일이라도 있었소?"

해명이 의심스런 표정으로 담천을 노려봤다.

"거, 정혼자까지 있는 사람이 어찌……."

혀까지 쯧쯧 거리며 고개를 젓는 해명의 모습에 담천은 어이가 없었으나, 그냥 신경 쓰지 않기로 하고는 무시해 버렸다.

"모두 주목해 주시오."

그때 서문제혁이 대원들을 불렀다.

"기습은 대성공이었소. 모든 것이 여러분들이 최선을 다해 준 덕분이오. 특히 선두에 서 준 당문에 깊은 감사를 드리는 바이오. 그리고 놀라운 신위를 보여 준 담씨세가도 공이 크오. 하지만 이것으로 만족할 수는 없소. 해서, 앞으로의 계획을 의논하려 하오. 좋은 의견들이 있으면 말해 주시오."

"하하하! 물론, 이 정도로는 어림도 없습니다! 오늘 밤 다시 놈들을 공격해서 따끔한 맛을 보여 줍시다!"

첫 승리에 무척 고취되었는지 종남파의 장로 중 한 명인 소운자가 상기된 표정으로 말했다.

"하지만 놈들의 진영은 이번 일로 경계가 강화되었을 거예요. 전과 같은 효과를 거둘 수 있다는 보장이 없어요."

설소령이 소운자의 의견에 반대했다.

그때야 놈들의 방심을 틈타 기습이 성공했지만, 잔뜩 날이 서 있는 지금은 오히려 놈들의 함정에 빠질 위험이 있었다.

"그럼 설 소저는 여기서 그만두고 돌아가자는 건가?"

소운자가 눈살을 찌푸리며 말했다.

아무래도 아직 어린 설소령이 자신의 의견에 반대하자 기분이 상했던 것이다.

"아니요. 저는 차라리 놈들의 추격대를 노리는 편이 좋다고 생각해요. 산에서는 아무래도 놈들의 전력이 분산될 수밖에 없죠. 우리가 기동력을 이용해 빠르게 치고 빠진다면, 놈들에게 큰 피해를 줄 수 있을 거예요."

일리가 있는 설소령의 말에 대원들이 고개를 끄덕였다.

기동력과 해명, 원무의 술법을 이용한다면 충분히 놈들을 각개격파 할 수 있을 것이다.

"내 생각에도 설 소저의 의견이 옳은 것 같소. 혹시 다른 의견이 없다면 설 소저의 의견대로 놈들의 추격대를 각개격파 하는 것으로 하겠소."

서문제혁 역시 설소령의 의견이 가장 타당성이 있다 여겼다.

지금 상황에서는 누가 봐도 적절한 방법이었다.

결국 별동대는 설소령의 의견대로 놈들의 추격대를 이차 목표로 삼았다.

　

한편 예기치 못한 기습으로 인해 큰 피해를 입은 혈천의 진영은 무겁게 가라앉아 있었다.

"피해 상황은?"

장량이 분노에 찬 얼굴로 수하들에게 물었다.

"아직 확실히 파악은 못했으나 사망자의 수만 이백 명이 넘어서는 것으로 추산됩니다……."

쥐 상의 마인이 머뭇거리며 대답했다.

"이런 개 같은!"

생각보다 심각한 피해였다.

만일 혈마가 이 사실을 알게 되면 자신에게 책임을 물을 수도 있었다.

"광노와 혈괴는 대체 뭐하고 있었던 거야!"

두 명이 나섰는데도 놈들을 놓치다니 도무지 이해가 가지 않았다.

"천사궁과 수불도 놈들이 함께하고 있었다고 합니다."

"천사궁과 수불도?"

장량의 눈이 부릅떠졌다.

"그 개자식들이 나타났단 말이지……."

장량이 이를 드러내며 으르렁거렸다.

놈들이 관여했다면 현 상황이 충분히 이해가 갔다.

"추격대는?"

"현재 진령산맥을 중심으로 놈들의 종적을 찾고 있지만 아직은 별다른 성과가 없습니다. 오히려 놈들이 지속적으로 치고 빠지는 통에 추가 피해가 발생하고 있습니다."

장량의 얼굴이 일그러졌다.

문제는 천사궁과 수불도의 제자들이었다.

그들이 사용하는 술법 때문에 일반 마인들의 피해가 컸다.

어쩔 수 없이 마귀와 권속들이 직접 나서야 하는 상황이었지만, 놈들이 마귀들과는 상대하지 않고 숨거나 달아나 버리는 통에 곤란을 겪고 있었다.

그렇다고 진영을 비우고 마귀와 권속들을 모두 수색에 참여시킬 수도 없는 노릇이었다.

"일단, 광노와 혈괴에게 되도록 흩어지지 말고 뭉쳐서 움직이라 이르고, 본진에 보고해서 합류를 서둘러 달라 해라!"

현재로서는 혈마가 있는 본진의 합류를 앞당겨서 정도연합 진영을 직접 공격하는 것이 가장 좋은 방법이었다.

별동대가 아무리 설쳐 봐야 놈들의 본진이 무너지면 어차피 실 끊어진 연 신세일 터.

결국엔 모습을 드러낼 수밖에 없게 될 것이고, 모습을 드러낸 놈들이야 두려울 것이 없었다.

◐

결국, 지속적인 유격전을 통해 하루 더 혈천의 추적대를 괴롭힌 별동대는 유유히 진령산맥을 타고 정도연합 진영으로 돌아갔다.

혈천의 본진이 합류하기 전에 빠져나온 것이다.

그들이 아무리 정예 무사들로 구성되었다 하더라도, 혈마를 상대하는 위험을 감수할 수는 없었다.

별동대의 공격으로 추격대는 무려 이백오십이 넘는 사망자를 냈다.

첫 번째 공격에 의한 피해까지 합하면 오백이 넘는 큰 피해였다.

일개 별동대가 이루었다고는 믿어지지 않는 성과였다.

혈천으로서는 이가 갈리는 일이었다.

물론 별동대도 피해가 없었던 것은 아니었다.

최종적으로 여섯 명이 사망했고, 서른두 명이 크고 작은 부상을 입었다.

한 명, 한 명이 각 문파와 가문에서 중요한 인재들임을 생각하면 결코 작지 않은 피해였다.

하지만 그들이 이룬 것에 비하면 임무는 그야말로 대성공이라고 볼 수 있었다.

거기에는 사천당문과 해명과 원무, 장두의 활약이 큰 역할을 했다.

사천당문은 독과 암기를 이용해 놈들이 함부로 달려들지 못하게 했으며, 원무와 해명은 술법으로 별동대가 치고 빠질 시간을 벌어 주었다.

게다가 권속들을 다섯이나 잡는 성과를 이룬 것도 결국 원무와 해명, 장두의 활약 덕분이었다.

그로 인해 사람들은 담씨세가를 달리 보기 시작했다.

이름뿐인 무벌십주에서 진정한 무벌의 중심 세가 중 하나로 인정하기 시작한 것이다.

별동대의 성공적인 귀환으로 인해 정도연합 진영은 사기가 충만했다.

무려 오백이 넘는 적을 베어 넘기고 돌아온 영웅들에게 찬사가 이어졌다.

특히, 지휘를 맡은 서문제혁의 이름은 더욱 드높아졌다.

그간 아버지 서문광천과 남궁영재에 가려져 있었던 그였으나, 이번 임무의 성공으로 자신의 능력을 만천하에 증명하게 된 것이다.

또한 담씨세가의 위상도 동원령 때와는 비할 수 없을 정도로 높아졌다.

연속적인 활약으로 인해 이제는 그 누구도 담씨세가가 무벌십주인 것에 이의를 제기할 수 없었다.

담천도 이번 임무를 통해 많은 것을 얻을 수 있었다.

그의 예상대로 암혼기의 사용을 아무도 눈치채지 못했다.

물론, 담천이 조심을 한 측면도 있었지만, 예전 같으면 상상도 못했을 일이었다.

그만큼 앞으로의 활동이 자유로워졌다고 할 수 있는 것이다.

정도연합 진영, 서문광천의 막사.

"혈마가 움직였습니다!"

상기된 표정의 제갈명이 급히 막사로 달려 들어왔다.

무언가 깊은 사색에 빠져 있던 서문광천이 시선을 돌렸다.

"언제쯤 이곳에 도착할 것 같은가?"

"지금 속도라면 반나절도 걸리지 않을 것입니다!"

대규모 인원이 이동하는 것치고는 상당히 빠른 속도였다.

"방어를 준비하라."

"존명!"

임시로 만든 진영의 특성상 특별히 방어의 이점을 기대할 수는 없었다.

그래도 달려 나가서 맞부딪히는 것보다는 분명 유리한 면이 있었다.

당문의 암기와 독, 공지의 술법을 적절히 이용한다면 어느 정도 적에게 타격을 줄 수 있기 때문이다.

6장
혈마 대 서문광천

혈천의 대병력이 다가오고 있다는 소식에 무거운 긴장감이 정도연합 진영을 가득 채웠다.

혈마라는 이름이 가지는 무게는 실로 대단했다.

마인들의 정점에 선 자, 모든 마인들을 다스리는 존재.

흡혈마공을 창시했으며, 이름만으로도 모든 강호인을 공포에 떨게 하는 자가 바로 혈마였다.

그가 지나간 자리는 항상 피가 홍건했고, 오직 죽음만 존재했다.

정도연합의 무사들은 그가 다가오고 있다는 사실만으로도 움츠러들 수밖에 없었다.

하지만 그들에게 있어 혈천은 반드시 없애 버려야 할 악의 축이자 수많은 동문과 가족들을 죽인 원수였다.

모든 것을 토해 내어 두려움에 맞서 이겨 내는 것만이 그들이 할 수 있는 최선이었다.

무사들은 분주하게 움직이며 혈천의 공격에 대비했다.

두려움이 큰 만큼 더욱 철저히 준비해야 적을 상대해 낼 수 있었기 때문이다.

당문의 무사들은 암기와 독을 이용한 함정을 준비했고, 공지는 사람들을 동원해 진을 설치했다.

모두의 가슴속에는 반드시 혈천을 꺾고 말겠다는 의지가 가득했다.

해가 산 아래로 긴 그림자를 만들어 낼 때 즈음 혈천의 오천 병력이 모습을 드러냈다.

오천이 넘는 마인들이 뿜어내는 마기가 정도연합 무사들을 압박했다.

혈천의 무리는 정도연합 진영과 오십 장쯤 떨어진 곳에서 멈춰 섰다.

선두에는 장량과 광노, 혈괴가 흉흉한 안광을 빛내며 서 있었다.

그 가장 뒤쪽에는 건장한 여덟 명의 무사가 끄는 집채만 한 팔인교(四人轎)가 자리하고 있었는데, 그 위에 혈마가 앉아 있었다.

정도연합의 무사들은 기껏해야 열대여섯 쯤밖에 안 되어 보이는 혈마의 모습에 경악했다.

온 강호가 벌벌 떠는 공포의 존재가 소년의 모습을 하고 있으리라고 그 누가 상상이나 할 수 있었으랴.

혈마는 마치 마실이라도 나온 듯 여유로운 표정으로 정도연합 진영을 바라봤다.

혈마가 천천히 신형을 일으켰다.

그의 눈동자에 핏빛 소용돌이가 생겨났다.

우우우우웅!

동시에 대기가 진동하며 혈마를 중심으로 강력한 기의 파동이 퍼져 나갔다.

"보라!"

혈마의 목소리가 사방을 쩌렁쩌렁 울렸다.

마치 온 천지에 소리라고는 혈마의 목소리만이 존재하고 있는 듯한 느낌었다.

"자랑스런 나의 군대여! 저들은 두려움에 떨고 있구나! 너희가 무서워 숨으려 하는구나! 한낱 오합지졸에 불과한 어리석은 자들이 제 목숨이 아까운 줄 모르고 우리와 맞서려 하는구나!"

정도연합 진영을 바라보는 마인들의 눈에서 혈광이 쏟아져 나왔다.

"만마의 주인이며 피의 지배자인 나 혈마가 명하노니!

혈천의 종들이여 나에게 놈들의 피를 바치거라!"

"와아아아아!"

함성과 함께 혈천의 오천 병력이 정도연합을 향해 돌진했다.

흙먼지를 피워 올리며 달려드는 오천 마인들의 모습은 마치 거대한 폭풍이 덮쳐 오는 듯 공포스러웠다.

놈들이 질러 대는 괴성과 땅 울림이 전장을 가득 채웠다.

"공격 준비!"

제갈명의 목소리에 따라 정도연합 무사들이 무기를 들어 올렸다.

모두는 굳은 얼굴로 달려오는 혈천의 마인들을 바라봤다.

무기를 잡은 손에는 긴장감에 땀이 흥건했다.

그 가장 뒤쪽에서 서문광천이 차가운 눈으로 혈마를 주시하고 있었다.

담천과 담씨세가 역시 긴장하기는 마찬가지였다.

아무리 암혼기의 세 번째 단계를 넘어선 담천이라고 하지만 이런 대규모 전쟁은 낯설 수밖에 없었다.

수많은 무인들이 뿜어내는 기세와 두려움, 공포가 전염

병처럼 머릿속을 잠식했다.

"으엇!"

"허억!"

순간, 들소처럼 달려들던 혈천의 마인들이 당황성을 지르며 멈춰 섰다.

어떤 이들은 손발을 허우적대기도 하고, 어떤 이들은 자리에 주저앉아 비명을 질러 댔다.

"진법이다!"

진영 앞쪽에 설치된 대규모 진법이 발동한 것이다.

일종의 환상진으로 인간의 오감을 외곡시켜 환영을 보게 하는 진이었다.

"지금이다! 당문은 공격하라!"

동시에 당문 무사들이 유령독시를 발사했다.

아직 어둠이 깊지 않은 상태라 본래의 효과를 발휘할 순 없었으나, 혼란에 빠진 마인들에게는 위협적인 공격이었다.

퍼퍼퍽!

"커억!"

"으악!"

선두에 선 마인들이 독시에 맞아 쓰러졌다.

"흥! 이깟 조잡스러운 사술로 혈천의 전사들을 막으려 하다니, 어리석구나!"

그때 장량이 눈을 부라리며 거대한 도끼를 휘둘렀다.

부우웅!

장량의 묵빛 대부(大斧)가 섬전처럼 허공을 갈랐다.

쩌어어엉!

강력한 압력에 마치 천이 찢기는 듯한 파공성이 울리며, 공기가 터져 나갔다.

당문이 쏘아 낸 독시들은 장량이 뿜어낸 강력한 기의 폭풍에 휘말려 힘없이 튕겨 나가 버렸다.

콰콰쾅!

광노와 혈괴도 가세해 참마도와 사슬낫을 휘두르자 강력한 폭발이 일어나며 진법이 흔들리기 시작했다.

세 마귀의 공격이 연속해서 진법을 여기저기 두드렸다.

일격일격이 바위를 부수고 땅이 갈라질 정도로 막강한 위력을 가지고 있었다.

우우우웅!

공격이 몇 차례 계속되자 마귀들의 압도적인 힘에 진법이 점점 일그러지기 시작했다.

"놈들이 빠져나오려 한다! 독시를 더 날려라!"

당가의 가주 당곡이 악을 쓰며 무사들을 독려했으나 대부분의 독시는 마귀들의 기파를 뚫어 내지 못했다.

반복된 세 마귀의 공격에 마침내 굉음과 함께 진법이 깨져 나갔다.

"어디 본격적으로 놀아 보자!"

우두두둑!

세 명의 마귀가 본신을 드러내기 시작했다.

장량은 야차의 얼굴을 한 팔이 여섯 개의 괴물로 변했고, 광노는 두 쌍의 날개를 위 아래로 펄럭이는 거대한 박쥐로 변했다.

그중에서도 가장 기괴한 모습을 드러낸 것은 바로 혈괴였다.

혈괴는 온몸이 바윗덩이로 뒤덮인 일 장이 넘는 거인으로 변신했는데, 마치 커다란 바위에 머리와 팔다리가 달려 있는 괴상한 모습이었다.

"후후, 버러지 같은 놈들! 이제 우리 차례다!"

쿠웅!

쩌저적!

혈괴가 몇 배로 커진 참마도를 들어 바닥으로 내려치자, 땅이 갈라지며 거대한 바위기둥들이 솟아나 정도연합 진영을 덮쳤다.

두두두두두!

마치 한 마리 바위로 된 용이 꿈틀대며 달려드는 듯한 모습에 정도연합 무사들이 기겁을 하고 뒤로 물러섰다.

"물러서지 마시오!"

동시에 공지가 부적을 던지며 주문을 외웠다.

그러자, 허공에 거대한 황금빛용의 형상이 생겨나 혈괴가 만들어 낸 바위기둥과 부딪혔다.

콰콰콰쾅!

어마어마한 폭음이 터져 나오며 땅과 대기가 들썩였다.

"오!"

정도연합 무사들이 탄성을 터뜨렸다.

공지가 만들어 낸 황금용이 단숨에 바위기둥을 부숴 버린 것이다.

바위기둥을 부순 황금용이 혈괴를 향해 돌진했다.

하지만 혈천에 있는 마귀는 혈괴만이 아니었다.

"흥! 중놈이 제법이구나!"

공지와 혈괴의 격돌을 지켜보던 장량과 광노가 동시에 움직였다.

슈아아악!

순간, 장량이 쏘아 낸 여섯 개의 핏빛 구체가 공지의 황금용과 부딪혔다.

콰아아앙!

혈괴를 위협하던 황금용이 장량이 쏘아 낸 구체와 부딪혀 폭음과 함께 소멸해 버렸다.

위이이잉!

동시에 광노의 날개 위로 생성된 수백 개의 얼음 송곳이 정도연합을 향해 날아갔다.

슈슈슈슈슉!

"이런!"

장량을 상대하던 공지가 다급히 막으려 했으나 이미 늦은 뒤였다.

콰콰콰콰쾅!

수백 개가 넘는 얼음 송곳들이 무사들을 덮치며 주변 십여 장이 순식간에 아수라장이 되었다.

얼음덩어리들은 하나하나가 고수가 날린 암기와 같은 위력을 지니고 있었다.

무공이 떨어지는 일반 무사들에게는 치명적인 공격이던 것이다.

단 한 번의 일격으로 무려 오십여 명의 무사들이 죽거나 다쳤다.

"고수들이 선두를 맡아 주시오! 그리고 담씨세가는 공지 대사를 도와 마귀들을 상대해 주시오!"

제갈명의 다급한 목소리에 초절정 이상의 고수들이 앞으로 나섰다.

담천과 담씨세가 일행 또한 공지가 있는 앞쪽으로 신형을 날렸다.

"크하하하하! 놈들에게 진정한 피의 축제를 맛보게 해

주자! 모두 돌격하라!"

마인들이 몸을 날림과 동시에 세 마귀의 두 번째 공격이 날아왔다.

공지가 만든 황금용이 다시 한 번 모습을 드러냈다.

"광명변조 십방세계(光明遍照十方世界)! 부처의 뜻이 세상을 두루 비추니, 순리(順理)를 비트는 존재여, 지옥으로 사라지거라! 대불성법연화(大佛聖法蓮花)"

동시에 커다란 연꽃이 진영 앞쪽을 감쌌다.

원무가 나선 것이다.

"화벽(火壁)! 풍벽(風壁)!"

"조화신법(造化神法)! 풍신강림(風神降臨)!"

해륜과 해명도 술법을 시전했다.

화염의 벽과 바람의 벽이 마귀들이 날린 공격과 맞섰다.

특히, 해명의 술법은 놀라웠다.

조화신법은 천사궁 최고의 술법으로, 이제껏 익힌 이가 채 열 명도 되지 않을 정도로 어렵고 위력이 막강한 술법이었다.

풍신강림은 풍백(風伯)의 힘을 빌어 바람을 부리는 술법으로, 폭풍을 일으켜 적을 날려 버리거나, 상대의 공격을 막아 내는 강력한 주술이었다.

해명이 만들어 낸 폭풍이 광노가 날린 수백 개의 얼음덩이들을 단숨에 날려 버렸다.

공지의 황금용 못지않은 막강한 위력이었다.

원무와 해명은 장량이 날린 핏빛 구체들을 막았다.

이렇듯 세 사람이 공지를 돕자 전세는 금방 대등해졌다.

해륜과 원무, 해명이 두 마귀의 공격을 버텨 주자 공지가 혈괴를 조금씩 밀어붙이기 시작했던 것이다.

네 사람의 놀라운 신위에 정도연합 무사들의 사기 역시 다시 살아났다.

그러나 그때, 혈천의 병력이 진영을 덮쳤다.

"모두 죽여라!"

"크하하하하!"

파팡!

채챙!

퍼억!

사방에서 마인들과 정도연합 무사들이 부딪혔다.

혈천의 마인들은 광기에 젖어 정도연합 무인들을 밀어붙였다.

마인들은 팔다리가 잘려도, 검이나 도에 관통당해도 아랑곳 하지 않고 악귀처럼 달려들었다.

정도연합 무사들도 이를 악물고 마인들에 맞섰으나, 시간이 지날수록 점점 뒤로 밀렸다.

고수들의 수는 정도연합 측이 결코 뒤떨어지지는 않았으나, 권속들이 문제였다.

몇 명인지 정확히 알 수 없는 권속들이 마인들 틈에 숨어서 함께 공격하고 있었다.

권속들을 상대하기 위해선 최소한 초절정을 넘어서야 했다.

그것도 초절정 초입이나 중엽의 무인들은 상대만 할 수 있을 뿐이지, 그들의 몸에 상처를 내기는 쉽지 않았다.

강기가 아니면 놈들의 살거죽을 뚫을 수 없었기 때문이다.

결국 화경 고수들이나 그에 근접한 이들이 아니면 권속들을 죽일 수 없다 보니, 놈들을 상대할 인원이 절대적으로 부족했다.

게다가 무슨 일인지 이번 권속들은 의창에 나타났던 녀석들 보다 훨씬 강력한 힘과 실력을 가지고 있었다.

공지와 담씨세가의 활약으로 십여 명의 권속들을 잡았음에도 여전히 권속들의 숫자는 많았다.

"젠장! 대체 권속을 몇 놈이나 만든 거야!"

해명이 욕지기를 토해 내며 부적을 날렸다.

얼핏 보아도 권속의 숫자만 백 명은 넘어갈 것 같았다.

담천은 사방에서 날아드는 마인들의 공격을 아슬아슬하게 막아 내며 혈마를 주시했다.

놈의 몸 주위로 은은한 혈광이 감싸고 있었다.

'아무래도 권속들이 강해진 이유가 놈 때문인 모양이군!'

분명 권속들의 움직임과 힘 모두 흑풍대의 그것과는 차원이 다르게 강해져 있었다.

검후나 당곡을 비롯한 화경 고수들조차 서너 명의 권속들을 압도하지 못하고 있었다.

혈마의 몸 주위로 드러난 혈광이 아마도 놈들의 힘을 키우는 역할을 하는 듯했다.

아니면 진마가 함께할 때 놈들이 더 힘을 얻을 수 있는 것일 수도 있었다.

'이 상태라면 놈이 직접 개입했을 경우 곤란해지겠군……'

머리 위에서 떨어져 내리는 마인의 도를 쳐 내며 담천이 눈살을 찌푸렸다.

빙의한 상태에서도 담천을 가지고 놀았던 혈마.

아무리 암혼기가 세 번째 단계를 넘어선 상태였지만, 승패를 장담할 수 없었다.

아마도 놈이 개입하는 순간 전황은 크게 바뀔 것이다.

서문광천이 있긴 했으나, 과연 그가 혈마를 상대할 수 있을지 미지수였다.

"크악!"

담씨세가 무사의 비명 소리에 담천이 상념에서 깨어났다.

어느새 담씨세가의 무사들도 다섯이나 쓰러져 있었다.

물론, 다른 곳의 피해에 비하면 양호한 편이었으나, 한 사람이라도 아쉬운 담씨세가의 전력을 생각하면 적지 않은 피해였다.

'일단은 마인들의 공격을 막아 내는 것이 우선!'

막 고개를 돌리던 담천의 시야에 담일혁의 등을 향해 도를 날리고 있는 권속의 모습이 들어왔다.

담일혁은 다른 마인 둘을 상대하느라 미처 놈의 공격을 알아채지 못하고 있었다.

담천이 달려가 막기엔 너무 늦은 상황이었다.

그때, 담천의 머릿속에 천혜린이 했던 말이 떠올랐다.

"세 번째 단계를 넘어서면 암혼기를 자유자재로 다룰 수 있어요. 채찍처럼 길게 뽑아낼 수도 있고, 강기처럼 멀리 쏘아낼 수도 있죠."

담천은 재빨리 암혼기를 일으켜 천령검으로 쏘아 냈다.

쉬이익!

마치 몸 안에서 무언가가 쑥 빠져나가는 듯한 느낌과 동시에 투명한 암혼기가 섬천처럼 권속의 등을 꿰뚫었다.

퍼억!

"크아악!"

등에 주먹만 한 구멍이 난 권속이 도를 치켜든 채 그대로 바닥에 쓰러졌다.

"엇!"

깜짝 놀란 담일혁이 뒤를 돌아보는 모습이 보였다.

담천은 얼른 몸을 돌려 다른 마인들을 상대했다.

'이것이 세 번째 단계를 넘어선 암혼기의 위력인가……
대단하군!'

더욱 놀라운 것은 암혼기가 담천의 의지에 따라 마치 팔
다리처럼 자유자재로 움직였다는 것이다.

담천이 생각하는 것과 동시에 암혼기가 천령검에서 쏘아
져 나가 놈의 등을 꿰뚫었다.

암혼기를 일으키고, 모으고 하는 일련의 과정 없이 일어
난 일이었다.

그저 의지가 발현하자 암혼기가 스스로 알아서 움직인
것이다.

게다가 담천이 암혼기를 쏘아 낸 것을 누구도 알아차리
지 못했다.

본래의 성질이 워낙에 은밀하고 조용한데다 이제는 보이
지도 않으니 당연한 결과였다.

'이 정도 힘은 다른 이들이 의식하지 못하는군!'

담천의 눈이 빛났다.

거의 삼 할 정도의 힘을 사용했음에도 아무도 알아차리
지 못했다.

이런 식이라면 다른 이들의 눈을 의식하지 않고 얼마든

지 힘을 사용할 수 있었다.

담천은 만족스러운 얼굴로 다른 무사들을 돕기 위해 몸을 날렸다.

한편 전황을 살피고 있던 정도연합 지휘부는 고민이 깊어졌다.

"이대로는 무사들의 희생이 너무 큽니다."

제갈명이 불안한 얼굴로 서문광천에게 말했다.

세 마귀는 공지와 담씨세가가 막고 있었으나, 마인들과 권속들의 전력이 너무 막강했다.

게다가 화경 고수들은 서너 명의 권속들이 때로 달라붙는 통에 움직임이 묶여 있었다.

그러지 않아도 수적으로 열세인 상태인데, 백 명에 달하는 권속들까지 가세하고 나니, 정도연합 무사들이 속수무책으로 밀리고 있었다.

"내가 직접 나서겠소, 모두 나를 따르시오."

더 이상 지체하다가는 승패가 기울어 버릴 것이다.

서문광천이 자리에서 일어나 전장으로 신형을 날렸다.

드디어 서문광천이 직접 움직인 것이다.

마치 날개가 있는 듯 허공에 떠오른 서문광천이 오른손을 들어 올렸다.

순간 다섯 개의 손가락에서 은빛 섬광이 터져 나왔다.

번쩍!

동시에 가닥의 빛줄기가 전장을 관통했다.

퍼퍼퍼퍼퍽!

서문광천이 날린 일격의 결과는 너무도 놀라웠다.

빛줄기가 관통한 곳에 위치해 있던 마인들의 육신은 한순간에 녹아내려 대기 중으로 증발해 버렸다.

빛의 궤적 안에 놓여 있던 마인들은 하나도 남김없이 사라져 버린 것이다.

이 한 수로 사라져 버린 마인들의 수만 무려 오십여 명이 넘었다.

그가 왜 천하제일인으로 불리는지 확실히 보여 주는 일격이었다.

"서문광천이다!"

마인 중 하나가 서문광천을 발견하고 소리쳤다.

동시에 혈천의 병력이 주춤했고, 양측의 치열하던 싸움도 잠시 멈춰졌다.

"나, 서문광천이 직접 마인들을 처단할 것이다! 정도의 무인들은 악귀들을 섬멸하고, 요마의 무리를 쓸어버려라!"

서문광천의 사자후가 전장에 울려 퍼졌다.

"와아아아아!"

서문광천이 직접 신위를 보이자 정도연합 무인들의 사기가 하늘을 찌를 듯 올라갔다.

그때였다.

"어른들은 어른들끼리 놀아야지! 안 그런가 서문광천?"

마치 허깨비처럼 혈마가 갑자기 서문광천 앞에 나타났다.

아무런 기척도 움직임도 없이 허공에 모습을 드러낸 것이다.

혈마의 모습은 처음부터 원래 그 자리에 있었던 듯 너무도 자연스러웠다.

서문광천을 바라보는 혈마의 눈은 어느새 전체가 핏빛으로 물들어 있었다.

"그건 그렇군."

서문광천이 차분한 눈빛으로 혈마를 바라봤다.

어차피 둘의 대결 결과에 따라 양측의 승패가 결정 날 것이다.

여기서 서문광천이 혈마를 잡을 수 있다면 전세는 뒤집히게 된다.

반대로 서문광천이 패하게 된다면 정도연합은 물론, 강호 전체가 혈천의 손아귀에 떨어지게 될 확률이 높았다.

둘 사이에 묵직한 긴장감이 감돌았다.

구구구구궁!

두 존재에게서 뿜어져 나오는 보이지 않는 압력이 사위를 내리눌렀다.

둘 다 조금도 움직이지 않고 있었으나, 이미 싸움은 시작되어 있었다.

촤아아아악!

주위를 둘러싼 공기가 팽창하며 모든 것을 밀어냈다.

전장을 가득 메운 혈천의 마인들과 정도연합 무사들도
두 사람에게서 멀리 떨어졌다.

마치 천신(天神)이 강림한 듯 땅과 대기가 진동했다.

'대단하군!'

담천은 감탄한 얼굴로 두 존재의 대결을 지켜보았다.

"진마의 위력이 이 정도였단 말인가!"

해륜에게서 들어 이미 혈마의 정체를 알고 있는 해명이
굳은 얼굴로 말했다.

상당한 거리임에도 두 존재가 뿜어내는 기운에 피부가
저릿저릿했다.

순간 혈마의 몸에서 수를 헤아릴 수 없는 붉은 실 가닥
이 뿜어져 나왔다.

바로 담천의 몸을 파고들었던 그 붉은 실이었다.

실들이 허공을 꽉 채우며 서문광천에게로 다가갔다.

꿈틀대는 모습이 마치 수천 마리의 뱀들이 움직이는 것
같았다.

쉐애애애액!

어느 순간 천천히 움직이던 실들이 쏜살같이 서문광천의

온몸을 향해 쏟아졌다.

터터터터팅!

하지만 붉은 실들은 보이지 않는 벽에라도 부딪힌 듯 서문광천에게 미처 도달하지 못한 채 뒤로 튕겨 나갔다.

호신강기를 뚫어 내지 못한 것이었다.

그러자 여러 가닥의 붉은 실들이 서로 뭉치며 점점 두꺼워졌다.

수천 가닥이 넘던 실들이 결국엔 열 가닥으로 줄었다.

슈아아아아악!

굉음과 함께 열 가닥의 거대한 붉은 기운이 서문광천을 향해 돌진했다.

한 가닥, 한 가닥이 아름드리나무보다도 두꺼운 붉은 실은, 실이라기보다는 오히려 혈룡의 몸통처럼 보였다.

콰콰콰콰콰!

난폭하게 움직이던 붉은 실의 기둥이 서문광천의 호신강기와 부딪혔다.

콰콰콰콰콰쾅!

폭음과 함께 대기가 터져 나갔다.

붉은 실기둥은 꿈틀대며 호신강기를 조금씩 밀어내기 시작했다.

동시에 서문광천의 머리카락이 하늘로 솟구쳐 올랐다.

드드드드드드!

순간, 풍경이 이질적으로 흔들렸다.

서문광천이 쏟아 낸 기파에 공간이 일그러진 것이다.

그와 함께 호신강기가 다시 한 번 붉은 실기둥을 조금씩 밀어내기 시작했다.

"놀랍군! 그대에 대한 소문이 잘못되었구나, 현경을 이미 돌파했군!"

혈마가 감탄스러운 표정으로 말했다.

생각했던 것 보다 서문광천의 무위가 훨씬 강력했던 것이다.

진마 둘이 덤벼든다 해도 지지 않을 자신이 있는 그였다.

현경 정도라면 기껏해야 진마들의 능력과 비슷한 수준이었다.

한데 서문광천은 자신의 공격을 어려움 없이 막아 내고 있는 것이다.

그것은 곧 서문광천의 경지가 현경을 넘어서 생사경에 근접했거나 아니면 이미 돌파했다는 이야기였다.

한편 서문광천 역시 놀라기는 마찬가지였다.

진마라 해도 자신의 경지라면 충분히 상대할 수 있으리라 여겼는데, 혈마의 공격은 서문광천이 결코 여유를 가질 만한 것이 아니었다.

단 한 번의 격돌만으로도 혈마의 실력이 결코 자신의 아래가 아님을 느낄 수 있었던 것이다.

"이거, 싸울 맛이 나는군! 이제 제대로 해볼까?"

혈마의 입가에 미소가 일었다.

위이이이이잉!

동시에 혈마의 머리 위로 다섯 개의 거대한 핏빛 고리가
생겨났다.

마치 가운데가 비어 있는 톱니바퀴 모양의 핏빛 고리는
하나하나가 사람 몸통 정도로 컸다.

거대한 다섯 개의 혈환(血環)은 천천히 회전하고 있었는
데, 그 주위로는 검붉은 기운이 아지랑이처럼 넘실댔다.

"어디, 이것도 한 번 받아 보거라!"

순간, 다섯 개의 혈환이 큰 곡선을 그리며 서문광천을
향해 날아갔다.

끼이이이익!

혈륜이 회전하며 쇠가 갈리는 듯한 굉음이 귀를 때렸다.

"크으윽!"

정도연합 측 무사들 중 공력이 약한 이들은 귀를 막고
자리에 주저앉았다.

하지만 마인들은 전혀 영향을 받지 않는지 오히려 더욱
광기에 젖었다.

"마령음(魔靈音)이로군!"

해명이 눈살을 찌푸리며 소리쳤다.

마령음은 마기를 북돋우고, 생기를 죽이는 기능을 가지고 있었다.

일반인이나 공력이 약한 무인들이 들으면 내상을 입게 된다.

그때 서문광천이 검을 빼어 들었다.

동시에 검끝에서 푸르게 빛나는 빛의 실들이 줄기줄기 뻗어 나오더니 다섯 개의 혈환을 향해 채찍처럼 쏟아져 나갔다.

쩌어어억!

빛의 채찍과 혈환이 부딪히며 사방으로 강기의 파편이 튀어 나갔다.

회전하는 혈환이 채찍을 잘라 내고 있었다.

하지만 빛의 채찍은 한 갈래가 터져 나가면 두 갈래가 생겨나고, 두 갈래가 터져 나가면 네 갈래가 생겨나, 혈륜과 계속해서 부딪혔다.

동시에 서문광천의 주위로 수십 개의 푸른 광구가 생겨나더니 혈마를 향해 날아갔다.

혈환을 상대하면서도 또 다른 강기의 구를 날린 것이다.

혈마의 미소가 짙어졌다.

두드드드드득!

순간 붉은빛의 투명한 막이 온몸을 둥글게 감싸더니, 놀랍게도 혈마의 육체가 변하기 시작했다.

콰콰콰콰쾅!

서문광천이 쏘아 낸 푸른빛의 광구가 붉은 막에 작렬하며 폭발이 일어났다.

하지만 위력적인 광구도 붉은 막을 뚫지는 못했다.

"아직 본신이 아니었단 말인가!"

담천이 혀를 내둘렀다.

지금까지의 위력만 하더라도 경악할 만한 것이었다.

본신의 위력은 얼마나 대단할지 상상조차 가지 않았다.

'저 정도라면 지금의 나로서는 무리겠군.'

물론, 아직 배력공 등 세 번째 단계의 힘을 시험해 보진 못했으나, 혈마의 능력은 차원이 달랐다.

구우우우우웅!

변신이 끝난 혈마가 힘을 끌어 올리자 공간이 본연의 모습을 잃고 흐물거렸다.

"피, 피해라!"

놀란 마인들과 정도연합 무사들이 급히 수십 장 떨어진 거리로 물러났다.

"혈제께서 본신을 드러내셨다! 우리도 정파 놈들을 박살 내고 그 피로 축배를 들자!"

장량이 고함을 치며 정도연합 무사들을 향해 달려들었다.

마인들이 혈마와 서문광천을 피해 빙 돌아서 정도연합을 공격해 왔다.

"놈들이 공격해 온다! 물러서지 말고 맞서라!"

정도연합 무사들 또한 비장한 얼굴로 마인들의 공격에 맞섰다.

순식간에 양측이 뒤섞여 난전이 되었다.

변신을 마친 혈마의 모습은 무척 기괴했다.

인간의 얼굴을 하고 있었으나, 머리에 다섯 개의 뿔이 돋아나 있었고, 땅 위까지 늘어진 길게 땋은 다섯 갈래의 머리카락은 마치 한 자루 검을 보는 듯 날카롭고 단단했다.

게다가 육신은 붉은 기운에 둘러싸여 그 모습을 확인할 수가 없었으나, 간혹 드러나는 곳을 보면 온통 붉은 갑옷에 둘러싸여 있었다.

"크크크크, 내가 본신까지 드러내게 될 줄이야! 정말 대단하다고 인정해야겠다! 만일 내가 아닌 다른 진마라면 네놈에게 당했을 터! 하지만 난 바로 진마 중의 진마, 모든 마의 근원인 혈마니라! 오늘 네놈에게 진정한 강함이 어떤 것인지 보여 주도록 하마!"

이야기가 끝남과 동시에 혈마의 신형이 사라졌다.

순간 서문광천의 검이 수십 개로 분열했다.

콰콰콰콰쾅!

동시에 서문광천 주위에 폭발이 일어났다.

스스스슷!

폭발이 일어난 주위로 희끗한 형체가 둘러싸고 있었다.

형체들은 불빛이 깜빡이 듯 점멸했는데, 그 하나하나가 모두 혈마의 모습이었다.

너무도 빠른 움직임에 형체마저 보이지 않는 것이다.

서문광천은 호신강기를 두르고도 혼신의 힘을 다해 검을 휘둘렀다.

눈 깜짝할 사이에도 혈마의 공격이 수십, 수백 번씩 날아오고 있었다.

그 하나하나가 강기를 부수는 위력을 가지고 있었기에 잠깐의 실수라도 있게 되면 서문광천 조차도 목숨을 장담할 수 없는 상황이었다.

쩌어어엉!

어느 순간 호신강기의 한쪽 면이 터져 나갔다.

서문광천이 혈마의 공격을 놓친 것이다.

사방에서 작렬하는 공격에 몸을 움직여 피할 수도 없는 상황이었다.

서문광천이 이를 악물었다.

"하아아압!"

순간 기합성과 함께 눈부신 섬광이 터져 나왔다.

폭강이었다.

순간적으로 몸 안의 기운을 모아 강기를 폭발시킨 것이다.

더어어엉!

소리의 크기가 인간의 인지 범위를 넘어서 그저 진동만 느껴졌다.

공기의 파동이 주변을 덮쳤다.

혈전을 벌이고 있던 마인들과 정도연합 무사들 중 가장 앞쪽에 있던 백여 명이 폭발에 쓸려 흔적도 없이 사라졌다.

눈을 뜰 수조차 없던 빛이 사라지고, 혈마와 서문광천의 모습이 드러났다.

모두의 시선이 두 존재에게로 향했다.

어느새 혈마는 서문광천과 십여 장 떨어진 허공에 떠 있었다.

반면 서문광천의 처음과 같은 자리에서 움직이지 않은 채 굳은 얼굴로 혈마를 바라보고 있었다.

"정말 대단하군! 이번 공격은 나조차도 간담이 서늘했어."

혈마가 붉은 입술을 핥으며 탄성을 토해 냈다.

"대체 무슨 수로 욕심을 가진 인간이 그런 경지에 오를 수 있었단 말인가? 믿어지지 않는 일이야."

등선을 위해 세속에 물들지 않고 도를 닦은 도인들조차 인세에서는 거의 이룰 수 없는 경지.

한데 한낱 무리의 수장이 어찌 생사경에 이르렀단 말인가.

순간 혈마의 오른쪽 뺨에 가느다란 혈선이 생겨났다.

"나에게 상처를 입힌 자는 그대가 두 번째야. 그 정도면 자부심을 가져도 좋아."

그와 동시에 서문광천의 입가에 한 줄기 핏물이 흘러내렸다.

혈마와의 격돌로 내상을 입은 것이다.

어찌 보면 서로 주고받은 듯 보이나, 실질적으로는 서문광천의 손해였다.

서문광천의 공격이 혈마의 호신강기를 뚫긴 했으나, 겨우 얼굴을 스치는 데 그친 반면, 혈마의 공격은 서문광천에게 내상을 입혔기 때문이었다.

드러난 광경에 마인들과 정도연합 무사들도 혈마가 우위를 잡았음을 알아차렸다.

마인들은 사기가 충천한 반면 정도연합의 무사들은 망연자실한 얼굴로 허공에 떠 있는 두 존재를 바라봤다.

만일 여기서 서문광천이 죽기라도 한다면, 누가 혈마를 막는단 말인가.

아마도 여기 있는 정도연합의 무사들은 결국 한 사람도 살아남지 못할 것이다.

담천은 냉정하게 생각을 정리했다.

어차피 이 상태로는 정도연합의 패배가 자명했다.

물론 담천이 본신의 힘을 발휘해 싸운다면, 많은 이들을 살릴 수 있을 것이다.

혹은 서문광천과 힘을 합하여 혈마를 상대하면 오히려 놈을 이길 가능성이 있을지도 몰랐다.

하지만 그러기 위해서는 정체를 드러내야 한다.

복면을 쓰거나 변장을 하고 나서는 방법도 있겠지만, 주시하고 있는 이들이 많은 상황에서 담천이 사라지고 복면인이 나타난다면 의심을 피할 수 없을 것이다.

어차피 담천은 정도연합이 패하든 말든 별로 관심도 없었다.

그런 담천이 정도연합 무사들을 위해 힘을 쓰거나, 정체를 드러내는 위험을 감수할 이유가 없는 것이다.

"만일, 서문광천이 패하면 무조건 달아나시오. 어차피 혈마의 공격을 막아 낼 자가 없는 이상 그대들은 아무런 도움도 되지 않소."

담천이 조용히 해명과 원무에게 말했다.

"그래도 어찌……."

해륜의 말을 담천이 끊었다.

"어차피 다른 이들도 달아나는 편이 한 명이라도 목숨을 건지는 일이오. 여기 남아서 목을 들이미는 것이야말로 어리석은 개죽음임을 모르겠소?"

"천이의 말이 맞소."

옆에 있던 담일혁이 끼어들었다.

"그대들 같은 젊은 인재들이 살아남아야 훗날을 기약할 수 있소."

담일혁의 말에 담일중 역시 고개를 끄덕였다.

"그래, 담 공자의 말이 맞다. 혈마는 사부님이 와도 상대할 수 없는 자야. 일단 몸을 피하고 대책을 강구하는 편이 올바른 방법이다."

해명까지 거들자 해륜도 더 이상은 자신의 생각을 고집하지 못했다.

모두는 불안한 시선으로 서문광천과 혈마를 바라봤다.

한편 서문광천은 너무도 큰 충격을 받은 상태였다.

혈마가 결코 만만치 않을 거란 건 알았지만, 설마 자신보다 강하리라고는 짐작도 못했던 것이다.

그동안 공지가 특별히 가공한 진마의 피를 마시면서 다른 이들보다 높은 경지에 이를 수 있었던 그다.

인간 중에는 적수가 없었고, 진마라 해도 아래로 보던 그였는데, 혈마는 그의 상상을 넘어섰던 것이다.

하지만 그는 아직 모든 능력을 보여 준 것이 아니었다.

서문광천의 눈이 깊어졌다.

"이제 끝을 봐야겠군!"

혈마의 다섯 갈래로 땋은 머리가 꿈틀거리며 솟아오르더니 마치 다섯 자루의 검처럼 서문광천을 겨누었다.

"아직 끝난 게 아니다!"

서문광천이 검을 버렸다.

동시에 서문광천의 머리 위로 거대한 빛의 검이 솟아올랐다.

허공에 멈춰선 빛의 검은 순간 다섯 자루로 갈라졌다.

그때 혈마의 다섯 갈래 머리가 쭈욱 늘어나며 서문광천을 덮쳤고, 서문광천의 다섯 광검이 마주 부딪혀 갔다.

슈우욱!

두 공격의 엄청난 속도에 공기가 순간적으로 빨려 들어갔다가 터져 나왔다.

혈마의 머리카락과 다섯 광검이 엎치락뒤치락 하며 허공에서 나타났다 사라졌다.

그 속도가 얼마나 빨랐던지 종국에는 마치 온 하늘이 검고 푸른 두 가지 색깔로 양분된 듯 보였다.

콰콰콰콰쾅!

두 기운이 부딪히며 쉴 새 없이 폭음이 터져 나왔다.

어느 순간 갑자기 하늘에 검은 선이 죽 그어지며 서문광천을 관통했다.

"크윽!"

신음 소리와 함께 서문광천의 신형이 땅으로 떨어져 내렸다.

쿠웅!

무릎을 꿇은 채 땅에 착지한 서문광천이 간신히 몸을 일으켜 다시 자세를 잡았다.

그의 어깨에는 주먹만 한 구멍이 뚫려 피가 새어 나오고 있었다.

"놈! 숨겨 논 한 수가 있었구나!"

반면 혈마도 무사하진 못했는지, 이번엔 그 역시 입가에 핏물이 흘러내리고 있었다.

하지만 누가 봐도 이번 격돌 역시 혈마의 우위였다.

"흥! 이번에야말로 끝이다! 어디 다시 한 번 막아 보거라!"

혈마의 머리카락이 다시 허공으로 솟아올랐다.

그때였다.

북동쪽 언덕에서 수많은 인마가 모습을 드러냈다.

"혈천의 폭도들은 움직임을 멈추고 황명을 받들라!"

인마의 수가 점점 늘어나더니 그 끝이 보이지 않을 정도가 되었다.

얼핏 보아도 이만은 족히 넘을 군세.

관군이 움직인 것이다.

"관과 무림은 서로 관여치 않는 것이 암묵적 약속이거늘, 어찌 관군이 무림의 일에 나서려 하는 것인가!"

장량이 앞으로 나서며 호통을 쳤다.

"너희가 감숙과 섬서에서 수많은 양민들을 학살했음을 잊었느냐! 감히 황제의 백성을 함부로 해하였으니, 이는 황법을 업신여기고, 조정을 능멸한 것이다! 그 죄가 결코 가볍지 않으니, 죄인들은 얌전히 오라를 받아라!"

가만히 듣던 장량이 코웃음을 쳤다.

무인들도 눈에도 차지 않는 그들.

아무리 수가 많다고 하나 일반 군졸들은 놀잇감조차도 되지 않았다.

"흥! 감히 관군 따위가 우리를 징치하겠다고? 네놈들 따위가 안중에나 있을 성 싶더냐? 좋다. 모두 죽여 주마!"

정도연합의 무사들도 애꿎은 희생만 늘어나겠구나 생각하며 안쓰러운 얼굴로 군졸들을 바라보았다.

장량이 두 눈에서 혈광을 줄기줄기 뿜어내며 막 관군을 덮치려 하는 순간이었다.

"잠깐! 멈춰라!"

갑자기 혈마가 장량을 멈춰 세웠다.

막 달려 나가려던 장량이 의아한 표정으로 혈마를 바라보았다.

'마귀가 여섯 놈이나 있다?'

혈마의 눈동자가 빛났다.

관군 사이에 마귀들이 있었던 것이다. 그것도 여섯이나 되는.

장량이 알아차리지 못할 정도면 여섯 마귀의 실력이 장량보다 결코 아래가 아니라는 이야기.

정황을 보아 진마 중 하나가 개입한 것이 분명했다.

'설마, 그 갈보년이 어느새 조정에 손을 뻗쳤다는 말인가?'

염마는 자신에게 치명적인 부상을 입고 도망친 후 숨어 버렸다.

혼마는 의창에 있었고, 광마는 무벌에 숨어 있었다.

그렇다면 남은 것은 음마뿐.

아무래도 조정을 손에 넣은 것이 분명했다.

'정천맹에도 손을 뻗치고 있는 것 같았는데, 설마 조정까지 손에 넣었을 줄이야.'

혈마의 표정이 차가워졌다.

관군은 수가 얼마나 많건 문제가 되지 않았다.

마귀들 역시 백이 넘게 와도 혈마에게는 아무 소용이 없다.

진마의 찌꺼기에 불과한 놈들이 때로 덤빈다 해도 혈마는 눈 하나 깜짝 하지 않을 것이다.

문제는 음마였다.

같은 진마끼리는 서로의 종적을 잡아낼 수가 없다.

그것은 다른 진마들보다 월등한 실력을 가진 혈마도 마찬가지였다.

만일 그것만 아니었다면, 벌써 숨어 있는 다른 진마 놈들을 모두 죽이고 정기를 흡수했을 것이다.

혈마의 고민은 여기에서 생겨났다.

만일, 관군들 사이에 음마가 숨어 있다면!

혈마의 눈이 관군들을 하나하나 훑었다.

음마는 혈마 다음으로 강력한 존재.

아직 서문광천을 제압하지 못한 상황이다.

게다가 서문광천과의 싸움에서 약간의 내상도 입은 상태다.

만일 두 존재가 힘을 합한다면, 혈마로서도 승부를 장담할 수 없었다.

'교활한 년!'

혈마의 눈에서 살기가 뿜어져 나왔다.

관군들이 갑작스런 위압감에 뒤로 주춤 물러섰다.

한편, 서문광천은 머릿속이 복잡해졌다.

'마귀? 그렇다면 조정에도 마귀가 숨어들었단 말인가!'

서문광천이 느끼기에도 마귀 특유의 사악한 기운이 관군들 사이에서 흘러나오고 있었다.

한데, 왜 마귀가 같은 마귀인 혈마를 공격하고, 오히려 자신을 돕는다는 말인가.

도무지 이해가 가지 않는 상황이었다.

게다가 혈마가 공격을 멈추고 망설이는 것으로 보아서는 혈마조차도 함부로 할 수 없는 존재가 개입한 것이 분명했다.

'어찌 됐든 기회로군!'

이유가 무엇이든 서문광천에겐 전세를 역전시킬 기회였다.

서문광천이 흔들리는 내기를 다스리며 천천히 검을 들어 올렸다.

"모두 황제 폐하의 명을 받들어 폭도들을 섬멸하라!"

그때 관군의 선두에 선 장수가 큰소리로 명을 내리자, 용기백배한 군졸들이 함성과 함께 혈천의 마인들을 향해 돌진했다.

어찌 보면 무모해 보이는 그들의 돌격에 손을 쓰려던 혈마가 주춤했다.

서문광천이 다시 검을 들어 올리는 모습을 확인했기 때문이었다.

'분명 그년이 숨어 있는 것이 틀림없어! 그렇지 않다면 마귀 따위가 나를 보고도 주저 없이 공격할 리가 없지!'

혈마의 얼굴이 일그러졌다.

여섯 마귀가 정도연합과 합류한다면 이곳에 있는 마귀와 권속들만으로는 상대할 수 없다.

뿐만 아니라 자칫 음마와 서문광천의 합공을 당하게 되면 자신도 위험했다.

"모두 후퇴하라!"

갑작스런 혈마의 명에 마인들과 정도연합 무사 모두가 멍한 표정으로 굳어 버렸다.

이토록 유리한 상황에서 갑자기 혈마가 물러서다니, 그것도 관군의 공격에 말이다.

혈마가 황제를 두려워하기라도 한단 말인가?

그야말로 영문을 알 수 없는 일이었다.

"뭣들 하느냐! 모두 후퇴하라!"

혈마와 심령이 통하는 마귀들이 다시 한 번 후퇴 명령을 내리자 그제야 마인들이 황급히 퇴각하기 시작했다.

"역도들이 달아난다! 한 놈도 놓치지 말고 추살하라!"

관군들이 그 뒤를 쫓았다.

얼이 빠진 채 그 모습을 바라보던 정도연합 무사들이 그제야 정신을 차리고 함성을 질렀다.

"와아아아아! 혈천의 악도들을 쫓아라!"

정도연합 무사들도 관군을 따라 혈천의 뒤를 추격했다.

순식간에 전세가 역전된 것이다.

그것도 어이없게 관군에게 혈천이 도망갈 줄이야 누가 알았겠는가.

담천 역시 혼란스럽기는 마찬가지였다.

어째서 관군들 사이에 마귀들이 있단 말인가.

"조정에도 마귀가 있다니 놀랍군요."

해명과 원무도 놈들의 존재를 느꼈는지 심각한 표정으로

관군을 바라보고 있었다.

명륜안으로 발견한 숫자는 여섯.

가슴에서 느껴지는 열기의 정도로 보아 놈들의 실력은 척위경을 능가하고 있었다.

거의 장량과 비슷한 수준인 것이다.

그것은 결국 한 가지 결론을 말했다.

'조정에도 진마가 있는 것이 분명하군!'

그 정도 마귀들을 부릴 수 있는 자는 오로지 진마뿐이었다.

'일이 복잡해졌어.'

담천이 눈살을 찌푸렸다.

정도연합 무사들은 죽어 간 동료들의 원수를 갚기 위해 악착같이 마인들의 뒤를 쫓았다.

"모두 멈추시오!"

그때 제갈명이 정도연합 무사들을 불러 세웠다.

"일단 흐트러진 전열을 제정비하고 놈들을 추격합시다. 자칫 놈들에게 각개격파 당할 확률이 높소."

정도연합 측은 이미 상당한 피해를 입은 상태였다.

죽은 이들만 팔백 명이 넘었고, 부상자 역시 천여 명에 이르렀다.

이 상태에서 막무가내로 혈천의 무리를 뒤쫓다가는 오히

려 매복에 걸려 각개격파 될 확률이 높은 것이다.

게다가 서문광천도 제법 큰 부상을 입은 상황이다.

혈마를 상대할 이도 없는 것이다.

정도연합의 무인들은 아쉬움을 뒤로한 채 진영으로 돌아왔다.

그들 역시 지금 추격은 무리임을 잘 알고 있었기 때문이다.

얼마 후 추격을 떠났던 관군들 역시 돌아왔다.

보병들도 있었기에 마인들의 속도를 따라잡지 못했던 것이다.

그들은 서문광천에게 연합을 제의했다.

서문광천으로서는 마귀들의 의도를 의심할 수밖에 없었다.

그러나 결국 서문광천은 관군과의 협력을 허락하고 말았다.

혈마의 힘을 직접 확인한 뒤였다.

현재 그와 정도연합의 힘으론 절대 혈마를 이길 수 없었다.

무슨 의도를 가지고 있든 혈마를 잡을 수 있는 유일한 방법은 오직 이들과 연합을 하는 것뿐이었다.

혹여 이들 뒤에 숨은 진마가 혈마보다 뛰어날지도 모른다는 걱정도 했으나, 만일 그랬다면 굳이 서문광천에게 협력을 제안하지도 않았을 것이다.

게다가 혈마가 분명 다른 진마들이었다면 서문광천을 이기지 못했을 것이라고 말하지 않았던가.

그렇다면, 일단은 서로를 이용하고 혈마를 친 이후에 나머지 진마와 승부를 가리는 편이 자신에게 유리했다.

결국 정도연합과 관은 혈천을 멸할 때까지 함께 협력하기로 약정했다.

이렇게 정마대전은 새로운 국면으로 접어들게 되었다.

7장
의창의 위기

무황성이 위치한 호북 의창.

삼경이 넘어선 야심한 시각에 두 개의 그림자가 무황성 담벼락을 향해 움직였다.

경계병들이 주위를 돌고 있었지만 놀랍게도 아무도 이들의 존재를 눈치채지 못했다.

마치 유령처럼 무황성 담장을 넘어선 두 그림자가 잠시 움직임을 멈췄다.

"거봐, 진혼. 내가 뭐랬어? 지금은 다들 종남산에 가 있기 때문에 쉬울 거라고 했지? 큭큭큭."

놀랍게도 두 그림자는 독특한 외모를 가진 두 명의 사내들이었다.

방금 말을 꺼낸 자는 머리가 마치 말갈기처럼 위로 솟아 올라 있었는데, 숯처럼 검은 피부를 가지고 있었다.

　나머지 한 사내는 창백한 피부와 보랏빛 입술이 마치 시체처럼 보이는 자였는데, 긴 머리를 양 갈래로 땋아 허리까지 늘어뜨리고 있었다.

　"하지만 혼마라도 만나게 된다면 우린 끝장이야. 흑웅, 네 녀석도 주인께서 하신 말씀을 잊은 것은 아니겠지?"

　진혼이라 불린 시체 같은 외모의 사내가 불안한 표정으로 말했다.

　이야기하는 것으로 보아 아마도 이들 두 명은 여인의 형상을 한 진마가 보낸 마귀들인 듯했다.

　"쯧쯧, 혼마가 강회 따위를 신경이나 쓸 것 같아? 우리야 그놈을 잡아먹으면 제법 힘이 늘어나지만, 진마들은 간에 기별도 안 간다고. 그리고 이 일이야말로 주인께서 내리신 명령을 제대로 수행하는 길이라구."

　두 마귀의 입에서 강회의 이름이 나왔다.

　아마도 이들은 강회를 잡아먹고 그의 힘을 흡수하려는 모양이었다.

　현재 강회는 무황성의 뇌옥에 힘이 봉인된 채 갇혀 있었다.

　두 마귀에게는 그야말로 손쉬운 먹잇감인 것이다.

　"그게 무슨 소리야?"

진혼이 미심적은 표정으로 물었다.

"잘 생각해 보라고. 어차피 주인께서 의창에 혼란을 조장하라고 하셨잖아. 만일 강회가 죽게 되면 무황성이 발칵 뒤집힐 것이 빤하고. 우리는 우리대로 강회의 힘을 나눠 가질 수 있으니 좋고, 주인께서 내리신 명은 명대로 수행할 수 있으니…… 그야말로 꿩 먹고 알 먹고, 도랑 치고 가재 잡고, 일석이조가 되는 거야. 그러니 잔말 말고 따라와!"

흑웅이 달려 나가자 진혼도 어쩔 수 없이 그 뒤를 따랐다.

"근데 너 뇌옥이 어디인 줄은 알고 가는 거야?"

진혼의 물음에 흑웅이 걸음을 멈추고는 한심하다는 듯 바라봤다.

"내가 너처럼 대책 없이 움직이는 줄 알아? 낮에 무황성 무사를 한 놈 잡아서 섭혼술로 다 알아 놨어. 넌 그냥 조용히 따라오기만 하면 돼."

계속되는 질문에 짜증이 난다는 듯 흑웅이 퉁명스럽게 말한 후 다시 신형을 날렸다.

진혼도 더 이상은 반대를 하지 못하고 흑웅의 뒤를 따를 수밖에 없었다.

"저기야!"

진혼은 흑웅이 가리킨 곳으로 시선을 향했다.

뇌옥은 사방 오십 장은 족히 넘을 정도로 넓은 일층짜리 건물이었다.

하지만 그것은 겉모습에 불과할 뿐, 지하로 무려 칠층에 이르는 거대한 옥사(獄舍)를 가지고 있었다.

뇌옥 앞에는 네 명의 경비 무사가 번을 서고 있었는데, 사실 무벌의 뇌옥을 노리는 정신병자 같은 이가 있을 리가 없기에 경계는 그리 삼엄하지 않은 편이었다.

물론 안쪽에는 조금 더 엄밀한 경비가 이루어지고 있었다.

하지만 두 마귀에게는 무용지물이나 마찬가지였다.

"일단 놈들을 조용히 해치우자고."

혼란은 그들이 이곳을 빠져나간 후 일어나야 했기 때문이다.

흑웅의 신형이 허깨비처럼 움직였다.

그에게 경비병 네 명을 해치우는 것은 일도 아니었다.

흑웅의 신형이 모습을 드러냈을 때는 이미 네 명의 무사는 바닥에 쓰러져 있었다.

그들은 아마 자신들이 무엇에 당했는지조차 모를 것이다.

"강회는 지하 육층에 있다고 했으니 어서 움직이자."

흑웅이 먼저 뇌옥 안으로 들어갔고, 그 뒤를 진혼이 따랐다.

뇌옥은 복도를 중심으로 양옆으로 죄수를 가둔 방들이

늘어서 있는 구조였다.

복도 제일 끝에 아래층으로 향하는 계단이 위치해 있었고,

각 층 마다 다섯 명의 경비들이 지키고 있었다.

두 마귀는 소리 없이 경비들을 제거하며 아래층을 향해 움직였다.

그들의 움직임이 얼마나 빠르고 은밀했던지 육층에 다다를 때까지 누구도 그들의 침입을 알아채지 못했다.

하기야 현재 뇌옥을 총괄하는 옥사장이 겨우 절정 무사에 불과했으니, 마귀들을 막아 낸다는 것은 애초에 불가능했다.

어찌 보면 중요한 곳을 너무 소홀히 여긴다고 볼 수도 있었으나, 상대가 무인이라면 어느 누가 감히 무벌 가장 심처에 있는 뇌옥까지 침투할 수 있단 말인가.

하지만 두 마귀는 인간과는 다른 존재였다.

게다가 이들 둘은 몸을 숨기고 기척을 죽이는 데 특별히 재주가 있는 녀석들이었다.

때문에 음마가 이들 둘을 혼마가 있는 의창으로 보낸 것이다.

"큭큭큭, 이것 보라고. 너무 쉽잖아? 혼마가 이 사실을 알아차렸을 때쯤엔 우리는 이미 다른 곳에 있을 거야. 그러니 쓸데없는 걱정일랑 하지 말라고."

육층에 다다른 흑웅이 여유 있는 웃음을 지으며 말했다.

진혼도 이제는 어느 정도 긴장이 풀어진 상태였다.

지하 육층 제일 끝에 강회가 있었다.

쇠창살이 가로막고 있는 옥사에 강회는 거의 의식을 잃은 상태였다.

그의 팔다리는 천장에 고정된 쇠사슬에 매달려 힘없이 늘어져 있었다.

"이야! 이 부적들 좀 봐! 보통 놈이 만든 게 아닌데?"

창살과 벽, ·강회를 매단 쇠사슬에는 온통 부적들로 가득했다.

"큭큭큭! 까짓것 우리가 찢어 버리면 되지."

진혼도 신이 났는지 이를 드러내며 웃었다.

흑웅이 창살에 붙어 있는 부적에 손을 가져갔다.

파지지직!

순간 흑웅의 손과 맞닿은 부적으로부터 불꽃이 일어났다.

"앗, 따거! 쳇! 앙탈을 부리긴!"

하지만 그뿐이었다.

그 정도 통증쯤이야 두 마귀에게는 아무것도 아니었다.

부욱!

두 마귀들은 신이 나서 부적들을 뜯어내기 시작했다.

그때 갑작스런 기척에 강회가 눈을 떴다.

"누, 누구……."

거의 힘이 없는 목소리로 강회가 물었다.

이미 공지의 술법과 부적들로 인해 반죽음의 상태였다.

눈조차 제대로 보이지 않았다.

"킄킄킄! 누구긴? 널 맛있게 먹어 줄 어르신들이지!"

흑웅이 킥킥대며 말했다.

"마, 마귀? 어, 어째서……."

강회의 눈에 두려움이 일었다.

죽는 것은 상관이 없었다.

어차피 죽은 혼은 그의 주인인 광마에게로 돌아가기 때문이다.

하지만 다른 마귀에게 먹히게 되면, 그의 혼은 소멸되고 정기는 빨려 나가게 된다.

"이, 이놈들…… 감히……."

강회가 몸을 가누려 발버둥 쳤다.

"킄킄킄, 조금만 기다려. 부적만 처리하고 바로 고통에서 해방시켜 줄께."

흑웅의 손놀림이 빨라졌다.

"다 됐다!"

흑웅과 진혼이 만세라도 부르듯 두 팔을 들어 올렸다.

"자, 내가 놈의 목을 자를 테니, 너는 심장을 터뜨려."

"알았어, 크크크!"

"아, 안 돼!"

강회가 발버둥 쳤으나 소용이 없었다.

두 마귀의 손이 움직이는 순간, 강회의 목이 육신과 분리된 채 땅에 떨어졌다.

가슴에는 어느새 커다란 구멍이 난 상태였다.

슈우우우우욱!

동시에 두 마귀가 손을 들어 올려 강회의 기운을 흡수하기 시작했다.

강회의 몸에서 기운이 두 갈래로 갈라져 나와 마귀들에게로 빨려 들어갔다.

"야, 천천히 가져가! 공평하게 반으로 나눠야지!"

"알았어! 거참, 하지 말자고 할 땐 언제고!"

둘은 티격태격하며 강회의 정기를 모두 흡수했다.

번쩍!

두 마귀의 눈에서 섬광이 터져 나왔다.

"캬캬캬! 제법 양이 많은데?"

"그러게, 흐흐흐."

두 마귀는 흡족한 표정으로 여운을 즐겼다.

그때였다.

"응? 근데, 칠층은 대체 누굴 가둔 거야?"

흑웅이 갑자기 궁금한 듯 칠층으로 향하는 계단을 바라보았다.

아무래도 뇌옥의 가장 깊은 곳에 가장 위험하고 중요한

죄수가 있을 확률이 높았다.

한데 강회가 육층에 있다면 과연 칠층에는 어떤 존재가 있단 말인가.

"야! 쓸데없는 생각 말고 그만 나가자구! 혼마가 알아차리기 전에 얼른 피해야 해!"

진혼이 흑웅을 재촉했다.

흑웅은 항상 호기심을 주체하지 못하는 것이 문제였다.

무슨 수를 쓰든 호기심을 채우고야 마는 성격인 것이다.

"그, 그렇지? 쩝, 할 수 없지."

흑웅이 입맛을 다시며 돌아섰다.

"아직 시간이 있는데, 슬쩍 확인만 하면 안 될까?"

한 걸음 내딛으려던 흑웅이 궁금함을 참지 못하고 다시 돌아섰다.

"거참! 넌 그게 문제야, 쓸데없는 호기심!"

"어차피 시간도 아직 충분하잖아. 그리고 너 이번에 내 말 들어서 손해 본 거 있어? 결국 나 때문에 너도 강회를 맛있게 먹었잖아. 다른 것도 아니고 그저 무엇이 있나 살펴보자는 것뿐인데, 뭘 그리 정색해? 너도 내가 궁금한 것은 절대 못 참는 거 알잖아? 딱 한 번만! 응? 잠깐만 확인만 하자구!"

진혼이 찜찜한 표정으로 망설였다.

사실, 이번에 흑웅 덕에 강회의 정기를 얻을 수 있었다.

어찌 보면 신세를 진 것이다.

물론, 마귀 주제에 무슨 신세를 운운하겠냐, 만은 같은 주인에게서 태어난 존재들은 강한 유대감을 가지고 있었다.

그렇지 않다면 마귀들의 특성상 매일 저희끼리 싸우다 볼짱 다 볼 것이다.

하여튼 그런 이유로 겨우 슬쩍 확인만 하자는 흑웅의 부탁을 쉽게 뿌리칠 수 없었다.

"좋아! 정말 확인만 하고 바로 나오는 거야!"

"알았어, 알았어! 헤헤헤!"

흑웅이 신이 나서 계단으로 향했다.

　　　　　　　　　　　◑

칠층에 도착한 두 마귀는 깜짝 놀랐다.

놀랍게도 칠층엔 방이 하나밖에 없었다.

게다가 철문으로 닫혀 안쪽이 전혀 보이지 않았는데, 철문과 주위에는 온통 부적이 덕지덕지 붙어 있었다.

"어라? 여기도 마귀를 가둬 놓은 모양인데?"

흑웅의 눈이 빛났다.

위쪽과 비슷한 부적을 보아 마귀를 가둬 둔 것이 분명했다.

"야, 느낌이 좋지 않아…… 그만 나가는 것이 좋겠어."

어쩐지 서늘한 기분이 드는 것을 느낀 진혼이 흑웅에게
말했다.

분명 흑웅은 안쪽을 확인해 보려 할 것이기 때문이다.

"확인은 해야지? 약속했잖아?"

흑웅이 눈썹을 추켜올리며 따졌다.

"예감이 좋지 않아. 부적들도 아까보다 훨씬 많고."

진혼의 말에 흑웅도 조금은 찜찜했는지 갈등했다.

그때였다.

"누, 누구……."

철문 안쪽에서 힘없는 목소리가 들려왔다.

강회처럼 거의 죽어 가는 소리였다.

'가만!'

흑웅의 눈이 다시 한 번 빛났다.

만일 안쪽에 마귀가 존재하고 있다면, 부적들로 인해 강
회와 같은 상태일 것이다.

그렇다면, 그들에겐 또 다른 행운인 셈이다.

'이거야말로 오늘 운이 트였구나!'

흑웅의 입가에 진한 미소가 걸렸다.

"야! 너 무슨 생각을 하는 거야?!"

"들어 봐! 너 방금 녀석의 목소리 들었지? 이건 또 다른
기회야, 이미 강회를 상대해 봤으니 너도 알 거 아냐! 거
저먹기라고!"

상기된 표정으로 말하는 흑웅의 모습에 진혼의 눈동자가 흔들렸다.

방금 먹은 만큼의 기운을 또 흡수할 수 있다는 사실에 갈등이 생겼다.

"이 부적들을 보면 이 안에 있는 녀석은 강회보다도 기운이 많을 거야! 대박이라고!"

"그래도……."

진혼이 결정을 못하고 망설이자 흑웅이 답답한 듯 문으로 다가갔다.

"야! 뭐, 뭐야!"

기겁을 한 진혼이 흑웅을 막았다.

"걱정 마! 여기 이거 보이지?"

흑웅의 손이 철문 중앙에 있는 덮개를 가리켰다.

"이걸로 안쪽을 확인해 보고 이상하면 그냥 가자! 됐지?"

진혼의 시선이 덮개로 향했다.

그가 생각해도 그 정도면 별문제가 없을 것 같았다.

"좋아, 약속이다?"

"그래, 나도 바보는 아니라고. 궁금증만 풀면 돼. 헤헤! 어디 볼까?"

신이 난 흑웅이 얼른 덮개를 열었다.

"어라?"

안쪽을 들여다본 흑웅의 눈이 휘둥그레졌다.

철문 안 존재의 몰골은 그야말로 처참했던 것이다.

몸은 뼈밖에 남지 않았고, 사지는 쇠사슬에 꿰뚫려 있었다.

게다가 아무런 기운조차 느껴지지 않는 것이 오히려 강회보다도 더 심각한 상태였다.

저 상태로 살아 있다는 자체가 신기할 정도였던 것이다.

철문 안쪽을 확인한 흑웅의 얼굴에 점점 미소가 짙어졌다.

진혼은 무언가 심상치 않은 분위기에 철문에 난 구멍으로 시선을 가져갔다.

"크크크크, 이게 뭐야! 이건 강회보다 더 쉽겠잖아? 이야…… 아무래도 마신께서 우리를 돕는 모양이다, 크크크크!"

흑웅이 기쁨을 주체 못하고 괴소를 터뜨렸다.

진혼도 마귀의 형편없는 상태를 보고는 갈등을 느꼈다.

"마, 마귀? 아, 안 돼……."

그때 놈이 자신들의 기척을 느꼈는지 당황한 모습으로 발버둥 치기 시작했다.

"크크크! 야! 설마 이걸 놔두고 가자고 하진 않겠지?"

진혼의 눈에도 욕심이 일었다.

방금 전에 즐거움을 맛봤던 터라 더욱 갈증이 났다.

"그래! 까짓것 얼른 해치우고 가자!"

"고럼! 바보가 아니라면 누가 이 상황에 그냥 갈까!"

두 마귀는 곧장 철문에 붙은 부적을 떼어 냈다.

안쪽에 매달린 마귀는 두려움에 몸을 덜덜 떨었다.

그럴수록 두 마귀는 더욱 서둘렀다.

서걱!

마침내 모든 부적을 떼어 낸 두 마귀가 철문의 열쇠를 잘라 냈다.

"큭큭큭, 반갑구나."

철문을 열고 들어선 흑웅이 천천히 앞으로 전진했다.

"아, 안 돼…… 오, 오지 마……."

염마가 두려움 가득한 눈으로 소리쳤으나, 기력이 없어 거의 입안에서만 맴돌았다.

잔인한 미소를 지으며 앞으로 향하던 두 마귀가 멈춰 섰다.

"뭔 말뚝을 이렇게 박아 놨어?"

마귀를 둘러싼 여덟 개의 말뚝이 둘의 시선에 들어왔던 것이다.

"야, 이거 혹시 함정일지 모르니 뽑고 가자."

흑웅답지 않은 신중한 태도에 진혼이 킥킥댔다.

"네가 웬일이야? 큭큭, 당연히 그래야지."

둘이 막 말뚝에 손을 가져다 대는 순간이었다.

우우우우웅!

순간, 여덟 개의 말뚝에서 황금빛이 일더니 허공으로 솟아올랐다.

"어, 어라! 이게 뭐지?"

갑작스런 상황에 두 마귀가 멈칫했다.

"크크크크!"

동시에 두려운 눈동자로 떨고 있던 염마의 눈에서 혈광이 번뜩였다.

"이거, 바보 같은 놈들 덕분에 이 지긋지긋한 곳을 벗어나게 생겼군, 큭큭큭!"

그제야 두 마귀는 무언가 잘못되었음을 느꼈다.

"너, 너 우리를 속였……!"

하지만 그들은 미처 이야기를 끝내지 못했다.

천왕침이 순식간에 두 마귀를 덮쳤던 것이다.

슈우우욱!

퍼퍼퍼퍽!

여덟 개의 천왕침이 흑웅과 진혼의 몸에 틀어박혔다.

구우우우우웅!

번쩍!

순간, 섬광과 함께 두 마귀가 가루가 되어 흔적도 없이 사라져 버렸다.

동시에 빛을 잃은 천왕침이 바닥에 떨어졌다.

"크하하하하! 이게 무슨 천운이란 말이냐! 내가 힘을 어느 정도 회복하고도 이곳을 빠져나가지 못했던 이유가 천왕침 때문인데, 이 멍청한 녀석들이 대신 제물이 되어 주다니! 크하하하하!"

염마가 광소를 터뜨렸다.

사실, 염마는 두 마귀가 강회에게 다다랐을 때부터 그들의 존재를 눈치채고 있었다.

그동안 정혈을 빼앗기면서도 공지가 알지 못하게 몰래 조금씩 힘을 모와 온 터였다.

물론 몇 십 년 동안 고작 오 할 정도밖에 회복하지 못했으나, 그 정도만 해도 진마인 그가 옥사를 탈출하기엔 충분한 힘이었다.

한데도 실행하지 못했던 이유는 그를 둘러싼 여덟 개의 천왕침과, 철문에 걸린 두 가지 진법 때문이었다.

한데 기특하게도 이 두 마귀가 부적까지 제거하고, 천왕침까지 대신 맞아 준 것이다.

거기에는 보이지 않게 놈들의 욕심을 자극한 염마의 교활함도 한몫했다.

마치 힘없는 마귀인 것처럼 놈들을 속여 유인한 것이다.

"크하하하하! 드디어 서문광천 놈에게 복수할 수 있겠구나!"

염마의 두 눈에서 화염이 솟구쳤다.

동시에 몸에 붙은 부적들이 순식간에 재가 되어 사라졌다.

우우우우우웅!

막강한 기세가 퍼져 나가며 대기가 요동쳤다.

"서문광천! 일단 네놈의 식솔들을 모두 죽여 주마! 어디 네놈에게 가족들의 수급을 가져가면 과연 어떤 표정을 지을지 기대되는구나! 크하하하하!"

염마가 옥사를 벗어나 서문세가를 향해 신형을 날렸다.

〈『봉마록』 제5권에서 계속〉

봉마록

1판 1쇄 찍음 2014년 1월 14일
1판 1쇄 펴냄 2014년 1월 17일

지은이 | 기억의 주인
펴낸이 | 정 필
펴낸곳 | 도서출판 **뿔미디어**

편집장 | 이재권
기획 · 편집 | 윤영상
편집디자인 | 이진선

출판등록 | 2002년 9월 11일 (제081-1-132호)
주소 | 경기도 부천시 원미구 상동로 117번길 49(상동) 503호 (우)420-861
전화 | 032)651-6513 / 팩스 032)651-6094
E-mail | bbulmedia@hanmail.net
홈페이지 | http://bbulmedia.com

값 8,000원

ISBN 978-89-6775-990-2 04810
ISBN 978-89-6775-526-3 04810 (세트)

http://www.bbulmedia.com